EL VAIXELL
DE VAPOR

La Muntanya de les Tres Coves

Per Olov Enquist

Traducció de Carolina Moreno

Il·lustracions de Stina Wirsén

cruïlla

llegircruilla.cat

Primera edició: febrer de 2007
Cinquena edició: març de 2016

Edició: Núria Font i Ferré

Títol original: *De tre grottornas berg*
Publicat per Rabén & Sjögren Bokförlag, Estocolm

Nàpols, 249 - 08013 Barcelona
editorial@cruilla.cat

ISBN: 978-84-661-4027-0
DL: B-543-2016
Imprès a la UE / *Printed in EU*

A la Cecilia Enquist, en Marcus Enquist,
la Mina Gilbertsson i la Moa Gilbertsson,
per haver estat allà i haver resistit, i el meu
agraïment a l'Hospital Provincial de Karlstad, al
servei de salvament i al cos de policia d'Arvika,
per la seva magnífica intervenció
en una situació difícil.

P. O. E.

1
UNA NIT TERRORÍFICA

I

AIXÍ ÉS com va anar la cosa.

Encara que després la Mina gairebé no recordava com havia començat. Deia que era molt petita i que estava espantada. A partir d'aleshores, però, mai més no va tornar a tenir por de gairebé res. No sabia ben bé com havia anat, tot i que l'avi li ho recordava de tant en tant, però ella li deia, senzillament:

–Sí, sí, però això era abans. I jo era molt petita.

Si bé *abans* volia dir només «tres setmanes enrere». Era estrany que algú pogués fer-se gran en tan sols tres setmanes. De fet, no era possible.

De totes maneres, la història va començar així.

LA MINA tenia sis anys, els cabells rossos i els ulls verds, i molts nens de l'escola deien que era

molt bufona, però ella no en feia cas. Calia aprendre a suportar-ho tot, fins i tot l'amor, li havia dit la mare, que es deia Jenny. Però una nit, tan bon punt la Mina es va adormir, un cocodril li va mossegar el cul.

Com que la Mina tot just tenia sis anys, era la primera vegada que la mossegava un cocodril. Es va despertar i va adonar-se que li feia mal el cul. D'entrada es va quedar ajaguda provant d'esbrinar si era un mal com una casa de pagès o era un mal petit, i si s'havia de posar a bramar com una boja perquè vingués la mare o el pare. Li va costar molt de decidir-se, però llavors va recordar com n'havia sigut, d'horrible, que aquell cocodril verd l'ataqués i li clavés una queixalada al cul. I en aquell moment, va decidir que tot plegat havia sigut horrorós i es va posar a plorar.

Aleshores el pare, que es deia Anders, va entrar a l'habitació. Semblava que li haguessin tirat un plat d'espaguetis pel damunt, i va dir, una mica empipat:

–Què paaaassa ara? Tinc molta son.

La Mina va continuar sanglotant, com si estigués a punt de morir-se, o com si tingués una malaltia espantosa que el pare hagués de curar-li de seguida portant-li un gelat o una salsitxa amb quetxup, per exemple. Al cap d'una bona estona de plorera se'n va cansar, va parar gairebé en sec i va continuar només somicant, tota desconsolada. Si fa no fa, com si l'haguessin abandonat ben sola al bosc. I al final, va fer un sospir llarguíssim perquè el pare, assegut al llit al seu costat, se la mirava com un badoc, però no feia cara d'estar gens espantat.

Segons la Mina, no hi havia res millor que quan el pare o la mare estaven tan espantats que quasi es desmaiaven, i després baixaven a buscar un gelat de la nevera. Una vegada, quan tenia quatre anys, s'havia posat a bramar perquè havia caigut i s'havia trencat la cama, o això és el que li

semblava a ella; de fet gairebé n'estava segura del tot. Al final, la mare havia anat a buscar el telèfon dient que trucaria immediatament a una ambulància. La Mina s'havia posat tan contenta que havia deixat de plorar de cop i havia demanat de seure al davant, al costat del que conduïa l'ambulància. Però llavors la mare havia deixat el telèfon i havia tornat traient foc pels queixals, renegant i dient que ja ho sabia, ella, que no era veritat i que sort que no havia trucat. Però la Mina també s'havia enfadat i havia dit que si la mare deia paraulotes li hauria de rentar la llengua amb sabó, per dalt i per baix, o sigui a la part de sota de la llengua també, i potser fins i tot a la gola.

I la mare li havia preguntat: com va la cama trencada?

La Mina no recordava quina cama s'havia trencat i havia assenyalat la cama equivocada. Llavors la mare, la Jenny, s'havia posat a riure i havia anat a buscar un gelat.

Si volies un gelat, havies de tenir inventiva.

El cas és que un cocodril havia atacat la Mina durant la nit. Ella recordava clarament que era a la platja d'un riu esgarrifós, el Congo, on els caníbals es banyaven, prenien el sol i dormien a la platja, després d'haver quedat ben tips de menjar-se els uns als altres. Es queixalaven les cames mútuament i ningú no feia fàstics a menjar-se entre ells ni els era estrany, això. Però només es menjaven les cames. Tots eren bona gent. Ningú no cridava ni deia paraulotes ni es rentaven la llengua amb sabó. La persona de qui més s'afartaven era un home gras, molt bon home, que s'untava les cames amb quetxup quan els fills petits dels caníbals se li acostaven amb ganes de cama.

Se les cruspien només amb quetxup, sense pa ni mostassa. I ella, recordava la Mina, havia baixat al riu Congo a banyar-se perquè no li venia de gust menjar cama amb quetxup. I en aquell moment, se li havia acostat el cocodril.

Era petit i verd. La Mina l'havia reconegut perquè el pare tenia un jersei amb una marca que representava precisament un cocodril com aquell. La Mina, doncs, havia reconegut el cocodril pel jersei del pare, però aquest era més gran, o sigui no era una còpia, sinó que era de debò, i es movia. La Mina li havia dit en un to bastant sever:

–T'has escapat del jersei del pare! Et sembla que són maneres? Torna-te'n al teu lloc, o el pare s'empiparà molt!

Però el cocodril havia continuat nedant tot esbojarrat i mirant la Mina amb cara de pocs amics. Li havia dit que no entenia res del que li deia, que ell era un cocodril perillós que nedava pel riu Congo i s'ha acabat, i que anés amb compte.

–Tu sí que has d'anar amb compte! –li havia dit la Mina–. I torna al jersei del pare ara mateix!

–Que et bombin! –li havia dit el cocodril, bastant empipat. I llavors va fer un salt i li va mossegar el cul.

Així era com havien anat les coses. La Mina s'havia despertat just en aquell instant a causa del mal que li feia el lloc on el cocodril l'havia mossegat. I després de rumiar-s'ho una estona, havia decidit que es posaria a bramar com un animal ferit. «He de donar el senyal d'alarma!», havia pensat, «no serveix de res quedar-se al llit i patir en silenci.»

I s'havia posat a cridar. Llavors havia vingut el pare, amb la cara tota arrugada, com si no hagués dormit bé.

–M'ha mossegat un cocodril –va dir la Mina.

–On? –va preguntar el pare.

–Al cul! –va dir la Mina entre sanglots i assenyalant-se el cul amb el dit.

Mare meva! Era ben veritat. Hi havia una marca enorme, grossa com una moneda de cinquanta cèntims!

–És una picada de mosquit –va dir el pare intentant treure's les arrugues de la cara–. És una picada de mosquit. No cal que t'espantis. Au, vinga, a dormir ara, princesa.

–Era un cocodril! –va xisclar la Mina més fort que mai–. Jo l'he vist, era verd, un mosquit no és verd i gros com un cocodril!!!

–Ara dorm, sisplau, mira d'entendre-ho, he de dormir, és diumenge, t'ho demano sisplau –va dir el pare i es va alçar amb la intenció de tancar la porta.

–M'ha mossegat!

–Ho has somiat –va dir el pare–, ara dorm, no ha estat res.

–Jo sé quan somio! –va cridar la Mina–. I això no ho he somiat!

–Són imaginacions teves –va dir el pare–.

Ja n'hi ha prou; si no pares, acabaràs com l'avi.

–Jo vull ser com l'avi –va dir la Mina, enrabiada–. Ell m'hauria defensat del cocodril.

–*Sins* dubte –va dir el pare, que es deia Anders i era de Dinamarca i allà diuen «sins dubte»–. Encara despertaràs la Moa! –i se'n va anar a la seva habitació, es va deixar caure al llit i segur que es va adormir a l'acte.

La Moa es va aixecar del llit i se la mirava amb uns ulls com unes taronges.

–COCODRIL! –va dir la Moa completament desvetllada–. La Moa també vol un cocodril que mossega!

Era realment empipadora.

–Que et bombin! –va dir la Mina–. Sempre ho vols tenir tot, tu.

La Mina sabia que no havia estat un somni. El pare sempre tenia son. La mare dormia. La Moa segur que volia jugar, ara, però la Mina no en tenia gens de ganes.

Eren moments de crisi. Ningú no se la prenia seriosament. I va pensar que bonic que seria tenir un Protector que la salvés quan es trobava en Perill. S'havia de tenir un Benefactor, com deia sovint l'avi. Algú que sempre et donava un cop de mà quan, per exemple, els grans deien «mira d'entendre-ho» perquè tenien son. O perquè volien mirar el golf per la tele.

I també va pensar que els bons consells són cars, com solia dir la iaia Vega. I la Mina no tenia diners.

Així, doncs, hauria de consultar-ho a l'avi. No hi havia cap altra opció. Ell era l'únic que entendria l'extrema gravetat de la situació.

En realitat, així va ser com va començar tot.

Primer la terrorífica nit del cocodril. Després tota la resta de coses que van passar, i finalment l'expedició perillosíssima, quasi mortal, a la Muntanya de les Tres Coves, i el que va passar amb la llobatona.

2
L'AVI INTERVÉ

I

TRUCARIA a l'avi un cop repassats tots els fets. Segur que a l'avi se li acudiria alguna idea. Al cap i a la fi, no tenia pas tantes coses a fer com els altres i, per tant, tenia molt de temps per rumiar.

Calia repassar tots els fets. Tot plegat no era pas tan senzill d'entendre.

El cocodril s'havia escapat del jersei del pare i li havia mossegat el cul, i ella estava una mica espantada. El cocodril que l'havia mossegat aquella nit era molt més gros que el de la marca del jersei del pare, ho recordava clarament. Pel que es veia, doncs, els cocodrils creixien de nit i, al matí, es tornaven a fer petits. De nit, el murri anava amunt i avall. Va rumiar si havia de tornar a despertar el pare per explicar-li-ho, però només aconseguiria que remugués i s'empipés encara més. Se'n va anar a la nevera a mirar si hi trobava una salsitxa i, sí, n'hi havia una.

Era diumenge. Va anar a buscar el jersei del pare per mirar si el cocodril hi era, però no hi era. El jersei no tenia cap marca.

El cocodril estava lliure i el senyal al cul no havia desaparegut. No feia pas tant de mal, però es va mirar al mirall i es va convèncer que hi veia les marques de les dents. Allò era la prova que no ho havia somiat.

Va baixar a la cuina. Al cap d'una estona, va baixar la seva germaneta, la Moa, per l'escala, i va dir:

–Vull una *xalxixa*, Ina!

–No *barlis cob* es nens *betits*! –va dir la Mina, seriosa–. A més, no és bo menjar salsitxes de bon matí.

La gata estava asseguda a la finestra. Li deien Dolceta perquè al principi la mare tenia l'esperança que seria una gata bona i dolça. Però la realitat era que a vegades la Dolceta s'enfadava; per exemple, quan no li donaven el menjar a l'hora. Llavors deixava de ser dolceta i els deia que sortiria a caçar ocellets si no li donaven paté. Aleshores la Mina li donava paté i la Dolceta tornava a ser dolça com abans. La Mina hi parlava sovint, quan estaven totes dues soles, però només aleshores, perquè eren els únics moments en què la Dolceta contestava.

La Dolceta no deia mai «mira d'entendre-ho».

–Dolceta –va dir la Mina–, aquesta nit m'ha perseguit un cocodril i m'ha mossegat.

–I què vols que hi faci, jo? –va dir la Dolceta, que no estava per orgues.

–És que em fa por que la cocodrila torni –va dir la Mina.

–Com saps que és un cocodril nena? –va dir la Dolceta.

–Perquè feia cara de sorruda i enfadada, i el pare diu que els cocodrils nens no són així.

–No en té ni idea –va dir la Dolceta–. Per cert, em ve de gust una miqueta de paté, què me'n dius?

–T'engreixaràs més, encara –va dir la Mina–. No hauries de menjar-ne, de paté.

Però aleshores la Dolceta es va empipar de mala manera i va entrar a la cuina a veure si trobava alguna cosa per menjar.

No hi havia ningú més amb qui la Mina pogués parlar. Què faria, ara? Tenia una cosina a qui trucava sovint; es deia Ia i se sabia el seu número de telèfon de memòria. L'Ia vivia a Bälinge. La Mina va decidir que primer trucaria a l'avi, però no contestava, segur que havia sortit a passejar el gos, la Mischa. Així és que va trucar a l'Ia; però s'hi va posar el seu pare, en Mats, amb veu d'enfadat i de mal humor.

–Saps quina hora és, Mina? –va dir–. Tot just són les vuit i estic molt, MOOOOOLT, cansat i vull dormir. PER QUÈ truques a aquestes hores?

–Per què estàs tan cansat? –va dir la Mina–. Jo no estic gens cansada i això que aquesta nit m'ha mossegat un cocodril.

–Sisplau –va dir l'oncle Mats–. Sisplau. Mira d'entendre-ho. Estic baldat, esgotat i..., sisplau... És diumenge. No pots...

–Però a tu no t'ha mossegat cap cocodril!!!

–Sisplau. Mira d'entendre-ho. M'ha agafat

una rampa a la cama i avui he d'anar a jugar a golf. Mira d'entendre-ho. He de dormiiiiir!

–Em fa por que el cocodril torni! –va dir la Mina.

–I no pots parlar-ne amb l'Ia, d'això...? Ai, no, però ara no. Sisplau. Estic MOOOOOLT cansat i esgotat i, SISPLAU, no ho tornis a fer, això de trucar tan aviat.

–A partir de quina hora puc trucar, doncs?

–Tard –va dir l'oncle Mats, i va penjar el telèfon.

La Mina es va asseure i es va posar a rumiar. No hi havia res a fer. La mare i el pare dormien, i la Moa jugava amb la consola. Encara que tot just tenia quatre anys, era tot un fenomen amb la consola. La Dolceta havia aconseguit obrir la porta del rebost, però no podria obrir la de la nevera; així és que la Mina no s'hi va amoïnar. Però, amb qui podia parlar?

Necessitava ajut en aquells moments de crisi.

II

VA ESPERAR una hora, l'estona que l'avi tardava a passejar la Mischa cada matí, i va tornar a trucar. Aquest cop, l'avi va contestar.

L'avi de la Mina era un senyor alt i elegant, de cabells blancs, i sempre era amable i no tenia gaires coses a fer perquè escrivia; no tenia una feina de debò, sinó que únicament es dedicava a escriure llibres. Però mai no et penjava el telèfon i els seus consells sempre estaven molt bé, tot i que els grans deien que eren uns consells pèssims. També sabia un munt d'acudits boníssims sobre tifes i sovint explicava anècdotes de pets a taula, a l'hora de sopar. Era divertidíssim! Però alesho-res la mare de la Mina, la Jenny, sempre s'enfadava, l'agafava pel braç i el tancava al lavabo perquè la canalla aprengués a comportar-se, i l'avi s'hi passava quasi una hora, castigat. Quan l'avi estava tancat al vàter perquè havia explicat un acudit de tifes, no s'hi podia parlar. Tot i que la Mina enredava la mare: s'esmunyia fins a la porta del lavabo i, xiuxiuejant pel forat del pany, li deia que no plorés, a l'avi. Al cap d'una estona l'avi deixava de plorar, perquè s'alegrava que a la Mina li fes llàstima. La Mina li deia «pobrissó» pel forat del pany, perquè això és el que se sol dir quan algú està trist, i llavors l'avi li explicava un acudit de tifes i pets, fluixet, pel forat del pany. Però una vegada, la mare els va enxampar i es va empipar molt, va agafar la Mina pels cabells i se la va endur, i l'avi va haver de quedar-se al lavabo tota la nit, o gairebé. La Mina se'n recordava perfectament.

Encara que no tenia una feina com cal sinó que es dedicava a escriure, l'avi era el membre més llest i intel·ligent de la família. Però no tothom ho pensava, això, segurament només ho pensava la Mina, i potser també la Moa, però ella era molt petita. Si més no, per entendre què deia la Dolceta.

L'AVI tenia una gossa que es deia Mischa.

Era llesta i bonica, i adorava els nens, encara que semblava un llop, i era una molèstia per a tothom excepte per a l'avi, que era l'únic que sortia amb ella a passejar i li donava llaminadures

quan eren a taula, si bé estava prohibit. Havia nascut a la tundra de Sibèria, a la llunyana Rússia. Els seus pares eren gossos de tir i la Mischa tenia disset anys. Això vol dir que, comptat en anys canins, en tenia cent dinou i, en realitat, era més vella que l'avi. La Mischa era grossa com un llop i bona com un elefant, deia sempre l'avi, i vivia a Waxholm amb l'avi i la Gunilla. De vegades, sobretot quan l'avi venia de visita i per haver fet el burro el tancaven al lavabo, la Mina acostumava a estirar-se a terra i feia servir la Mischa de coixí, i li explicava a cau d'orella que tots eren una colla de ximplets, tret de l'avi i d'ella, la Mischa. S'hi estava tan bé! Però això només ho podia fer quan l'avi venia a visitar-los.

Quan no s'estava a casa la Mila, l'avi vivia amb la Gunilla. Estaven casats, ella era una bona

persona i no tancava mai l'avi al vàter. La Gunilla era la dona de l'avi, tot i que no era l'àvia de la Mina. «Aquestes coses passen!», deia sempre la Gunilla.

Una vegada l'avi va dir a la Mina que s'havia casat amb la Gunilla perquè tenia unes peres ben boniques. Un dia que la Mina els va anar a veure a Vaxholm, va donar una ullada al jardí que envoltava la casa, i en acabat va dir a la Gunilla que, ben mirat, les seves peres no eren pas tan extraordinàries i no entenia per què havien estat tan importants en la decisió que l'avi havia pres de casar-s'hi. La Gunilla va fer cara de circumstància i va dir «què vols dir, extraordinàries?». Llavors la Mina va assenyalar un cop més els perers que hi havia plantats al jardí de la finca i va repetir que l'avi s'havia casat amb ella només per les peres. Si més no, això era el que ell li havia dit. Aleshores la Gunilla va dir que l'avi era de naturalesa poètica i que per això parlava de la natura i de peres, per exemple, perquè els amants de la natura ja ho feien, això.

L'avi li havia explicat que la Gunilla era feminista, i això volia dir que l'avi havia de fer les feines de casa i mai no havia de demanar si havia «d'ajudar» a fer-les, perquè era evident que una cosa així no s'havia de preguntar.

Però de vegades, la Gunilla era una mica difícil d'entendre; per exemple, quan deia que no volia que l'avi portés un altre gos a casa. L'avi volia un gosset que fes companyia a la Mischa, però segons ella seria una molèstia més. Però justament aquell matí, la Mina va trucar al seu avi i li va explicar la història del cocodril.

–Això no pot ser! –va dir l'avi–. I els teus pares, els poca-soltes, què han fet?

–Res –va dir la Mina–. Res de res. I l'oncle Mats només tenia ganes de dormir.

–Què t'ha dit? –va preguntar l'avi.

–M'ha dit «mira d'entendre-ho». Això, ha dit. I que no se'l podia despertar.

–Quin disbarat! –va dir l'avi–. Has d'aconseguir algú que et protegeixi.

–Sí, però, qui? –va dir la Mina–. A tu sempre et tanquen al lavabo. I ells només saben dir «mira d'entendre-ho» tota l'estona i sempre tenen son. Tu deies que tothom havia de tenir un Benefactor per a les situacions de perill.

A l'avi li sortia fum del cervell de tant que rumiava.

–La policia –va dir.

–Avui dia ja no hi ha policies –va dir la Mina–. I tu tens la Mischa, que et protegeix, però jo només tinc la Dolceta i ara està enfadada amb mi i no vol protegir res ni ningú.

–Necessites un Gos Protector –va dir l'avi–. Quan t'ataca un cocodril, has de tenir un Protector. Un de petit, per exemple, adequat a la teva mida. Més o menys.

La Mina hi va donar voltes durant una estona. Sabia quants problemes havia tingut l'avi per quedar-se la Mischa, perquè tothom la considerava una molèstia encara que tingués cent dinou anys i fos més vella que l'avi.

–Un gos –va dir l'avi– que estigui al teu costat

tota l'estona, com un Protector. Jo no puc estar sempre amb tu. Per exemple, si dic coses que no toquen, com explicar acudits de pets. Llavors em tanquen al lavabo i si el cocodril ve en aquell moment, ai, senyor! Què hi puc fer jo?

–Tinc por –va dir la Mina–. Però tens raó. M'has de trobar un protector. Tinc un pressentiment.

–Quin?

–No ho sé, però noto que passarà una cosa terrible.

–O potser... –va dir l'avi–, o potser...

Al telèfon es podia sentir que a l'avi li bullia el cap de tant pensar d'aquella manera tan especial.

–Saps què? –va dir l'avi–. Demà la Gunilla, la Mischa i jo, l'Ia i en Marcus marxem cap a la casa de Värmland. Hi estarem dues setmanes. I si veniu vosaltres, també? Així tindríem temps per planejar coses. I potser fins i tot per comprar-te un Gos Protector que et protegeixi dels cocodrils. Però sobretot, podríem fer un pla per ajudar-te.

La Mina va tancar els ulls i es va esforçar a pensar: ja s'imaginava anant cap a Värmland amb els cosins! I a la part del darrere del cotxe hi aniria la Mischa. I encara seria més fantàstic si l'avi li comprava un Gosset Protector. Així,

tindria dos defensors: la Mischa i un gosset nou que l'avi hauria comprat per a la Mina sense que el pare ni la mare ho sabessin.

–Un pla? –va dir la Mina.

–En realitat, són dos plans. Primer, anar a recollir el Gos Protector a una granja canina de Västerås. Ha de ser un schnauzer i de tres mesos, només.

–I després?

L'avi no deia res, el cap li semblava una xemenia de pensar tant.

–De debò que tens dos plans? –va preguntar la Mina amb veu baixa perquè havia sentit que el pare i la mare eren a la cuina–. Però parla fluixet, avi, que et sentiran!

–Ja ho tinc! –va dir–. Ja sé el segon pla. Però tot ha de ser un secret. No hem de dir res a ningú de comprar un Gos Protector. Ni a la mare, ni al pare ni a l'oncle Mats, potser ni tan sols a..., bé, potser sí, potser ho haurem de dir a la Gunilla.

–Quin és el segon pla, avi? –va dir la Mina–. Va, explica-me'l! No facis el poeta, ara!

–No, no –va dir l'avi.

–Vinga, digues!

L'avi va respirar fondo.

–Primer punt: hem d'aconseguir un gos que et protegeixi. I es dirà Elsa. Però aquest és un pla a llarg termini. El més important és el segon punt. Punt número dos: hem de marxar cap a Värmland per tal de planificar una expedició. Quan s'està preocupat perquè els cocodrils poden tornar a atacar, llavors s'ha de fer alguna cosa gran de tal manera que l'atac d'un cocodril sembli una fotesa. Una expedició, per exemple. I per fer-ho hem d'anar tots alhora, ho hem de fer junts. I hem de fer alguna cosa que impliqui superar un gran perill. *Capisci*?

De vegades l'avi deia paraules rares com aquesta, però si feies que sí amb el cap, com si l'entenguessis, es tranquil·litzava i continuava.

–Se m'acut una expedició –va dir l'avi–. Pujar a la Muntanya de les Tres Coves. Aquell qui participi en l'expedició no tindrà por mai més. No tindrà por de res.

–És perillosa? –va preguntar la Mina, una mica angoixada.

–No, si anem sempre junts, tot l'equip. I quan hagis acabat l'expedició, ja no tindràs por de res. De res.

–Ni d'un cocodril?

–Especialment dels cocodrils.

–I farem l'expedició sense el pare i la mare?

–Només nosaltres. L'Ia, en Marcus i la Moa.

–I la Gunilla?

–És clar. Ja ho he dit abans. La Gunilla també hi serà. A ella no li fa res sentir acudits de tifes perquè és feminista. Ella també vindrà, però es quedarà al camp base, és a dir, a casa.

–I la Mischa?

–Evidentment. La Mischa també vindrà. Hem de formar un equip ben fort amb gossos ràpids i valents i nens espavilats i incansables.

–Aquests som nosaltres?

–Sí, aquests sou vosaltres. I farem una expedició tots plegats.

La Mina sentia com li bategava el cor.

–Visca, avi! –va dir–. Me'n moro de ganes!

PERÒ hi havia una cosa que l'avi no li havia explicat: que ell feia molt de temps que volia fer el cim d'una muntanya anomenada la Muntanya de les Tres Coves, que era una mica cap a l'est de la casa de Värmland. Però no hi podia anar pas tot sol.

I la Mischa, la laika negra i blanca de l'est de Sibèria, la gossa de l'avi, sabia una cosa que ningú més no sabia d'ençà que hi havien estat, al juliol. Dins el bosc hi havia un secret ben amagat, o potser un perill amenaçador dalt de tot de la Muntanya de les Tres Coves.

La Mischa sabia alguna cosa i potser els volia avisar.

3
S'ESTABLEIX EL CAMP BASE PRIMER

I

La casa de Värmland era gran i vella, i estava situada al costat d'un llac. Entre la casa i la riba del llac hi havia uns prats on es podien plantar patates.

La Mina pensava que plantar patates era molt divertit, i a la tardor la deixaven ajudar a collir-ne, però sempre li agafava mal d'esquena. Aleshores feien una pausa i es cruspien un tros de pastís de gerds. La Gunilla era la millor a l'hora de collir patates perquè tenia les cames curtes i de seguida arribava a terra. Una vegada li va sortir una serp, que s'acostava cap a la patata que ella estava a punt de collir. La Gunilla va fer un crit. Des d'aquell dia, la Mina i la Moa s'havien de posar botes perquè l'avi deia que les serps tenien les dents curtes i no podien travessar-les.

La casa de Värmland estava situada arran d'allò que se'n diu Noruega i on temps enrere hi havia alemanys. Fa temps, els alemanys eren dolents i, per això, l'exèrcit suec havia construït una fortificació a la finca de la casa de Värmland. A la fortalesa els bons soldats suecs hi passaven la nit i es dedicaven a defensar-se. Defensar-se volia dir fer por i disparar amb l'escopeta contra les forces atacants, i si eres bo a l'hora de fer por podies aconseguir que els alemanys et deixessin en pau. Però d'això ja feia molt de temps. L'avi deia que ara tots els alemanys eren bons, perquè havia escrit un llibre que havien comprat tots els alemanys i pel qual havia rebut un munt de diners amb els quals s'havia comprat el Gos Protector. I els alemanys, ara, eren quasi feministes i feien dis-sabte sense que se'ls hagués de dir, deia l'avi; però fa temps eren uns brètols i disparaven amb les escopetes i, per això, els suecs havien ha-gut de construir una fortificació per defensar-se si s'acostaven.

La fortificació era damunt del camp de patates. Eren com uns forats a terra amb un mur al davant en què et podies recolzar mentre et defensaves. Davant de la fortificació i en direcció al llac, hi havia una barricada contra els carros de combat feta amb un munt de blocs enormes de pedra: així, quan venien els alemanys, els carros de combat s'hi encallaven. Els soldats que es quedaven atrapats a dins dels tancs es devien sentir

una mica idiotes i potser demanaven auxili, però segur que mai ningú no s'hi va acostar a ajudar-los.

Però ara ja no era així; d'això feia molt de temps. Ara a la fortificació hi havien crescut bedolls i pins, i els alemanys ja no eren dolents, sinó que llegien llibres i eren feministes i ajudaven a fer les feines de casa sense haver de preguntar res.

Així és com l'avi i la Gunilla ho havien explicat a la Mina.

I allà, a la casa de Värmland, és el lloc cap a on van marxar l'avi i la Gunilla i la Mina i la Moa i l'Ia i en Marcus amb la Mischa i el cadellet a la part del darrere del cotxe. A Värmland la natura era gairebé salvatge. Hi havia fortificacions i llops i óssos, i allà era on l'avi i la Gunilla portaven els nens en la que havia de ser l'aventura esgarrifosa de fer el cim de la Muntanya de les Tres Coves.

II

Ningú no sap què va explicar l'avi als pares de la mainada, però segur que no els va parlar de cap expedició esgarrifosa i perillosa que uniria l'equip i els convertiria en homes, o el que fos. Sigui com sigui, el cas és que dos dies després d'aquella nit esgarrifosa en què un cocodril va mossegar el cul de la Mina, tant ell com la Gunilla eren dalt del cotxe en direcció a Värmland. Era un cotxe gran, i en els seients del darrere hi anaven la Mina, la Moa, en Marcus i l'Ia.

Havien passat per Västerås a buscar el cadell. La Mina havia pogut triar entre cinc gossets, però decidir-se no havia estat gens fàcil. Tot d'una, però, un de petitó se li havia acostat amb ulls suplicants i ella ja ho havia tingut clar. El cadell, que feia cara de baieta de pal, va treure la llengua i la va llepar.

Ara el cadell es deia Elsa, batejat així en record de la tieta de l'avi, que es deia Elsa i havia arribat a noranta-dos anys i l'avi se l'estimava molt. El primer que van fer, un cop arribats a la casa, va ser batejar el cadell. A l'hora de batejar-lo li van haver de llançar aigua pel damunt i pronunciar una fórmula màgica que deia així: «En nom del Pare, del Fill i de l'Esperit Sant, et batejo amb el nom d'Elsa Gilbertsson. Que la sort i la felicitat t'acompanyin arreu dels set mars.» Després van fer un brindis amb suc de gerds i van eixugar el cadell amb una tovallola.

L'Elsa tenia bigotis i serrell, i uns ulls preciosos i castanys, i s'havia arraulit contra la Mischa, que era molt feliç. Per a la Mischa era com si hagués tingut un fillet i llepava l'Elsa. Feia anar la llengua amunt i avall pel cadellet fins que el va deixar tot xop. L'Elsa va quedar ben neta, si més no! De tant en tant, s'aixecava i feia pipí, i la quitxalla aplaudia; però la Gunilla es va enfadar i va dir que aquell cotxe feia pudor de vàter embussat. I l'avi li va dir que s'esperés, que ja ho veuria, quan l'Elsa comencés a fer caca!

Aleshores sí que la Gunilla sentiria pudor de debò. I just en aquell moment, l'Elsa es va fer caca. Però segons els nens, que estaven de la banda de l'Elsa Gilbertsson, aquella caca només feia olor de mostassa.

Van aturar-se en un lloc que es deia Våtsjön. L'avi es va ficar l'Elseta dins l'americana i va entrar al restaurant, on estaven prohibits els gossos i tampoc no es podia fumar. Va demanar bistec i puré de patates per a tothom, i quan la cambrera es va acostar a la taula amb els plats, els va mirar tota sorpresa i va dir: «Que no heu demanat menjar per a set? Jo només en veig sis, aquí.»

Aleshores l'avi va dir que la Gunilla, la seva dona, estava embarassada i que potser pariria d'un moment a l'altre. Però ni a la Gunilla ni a la cambrera no els va semblar un comentari gaire divertit. Tan bon punt la cambrera va desaparèixer, l'avi es va treure l'Elsa de l'americana i la va asseure a taula, i la gossa va començar a engolir la teca.

Els quatre nens van seguir l'exemple, i tots cinc s'ho van cruspir tot, perquè no volien donar un mal exemple.

Quan l'Elsa va acabar, va fer un rot. I la canalla també va fer rots, sobretot en Marcus.

En Marcus tenia cinc anys, els ulls blaus i era ros, i quan parlava tenia la veu una mica afònica. L'avi deia que era de naturalesa poètica, tot i que segurament seria jugador d'hoquei, quan fos gran. Però ara era el més petit, a part de la Moa, i les altres nenes, o sigui l'Ia i la Mina, n'estaven una mica enamorades i per això no el deixaven

en pau, com sovint deia la Gunilla quan els havia de separar perquè en Marcus havia rebut, precisament perquè se l'estimaven tant.

Era l'únic nen entre els «cosinets». Tothom deia «cosinets» en lloc de «cosins». Era més gran que la Moa però més petit que els altres dos, i sobretot més petit que l'Ia, que era la seva germana. Això sí que era una murga, segons en Marcus, perquè la seva germana havia començat a ensenyar-li coses i a dir-li què estava bé i què estava malament, i de vegades ell es posava tan nerviós que no podia més i li clavava un cop de puny a la panxa, però l'Ia sempre s'hi tornava i l'atonyinava.

La primera nit a la casa de Värmland van

dormir en uns matalassos a terra, perquè tots els nens volien dormir junts i ningú no volia dormir al llit perquè llavors no podien estar al costat de la Mischa i l'Elsa. Era la primera nit que l'Elsa passava lluny de la seva mare, i en el moment d'ajeure's es va posar trista i va començar a plorar. Tenia uns ulls castanys molt bonics, que es van omplir de llàgrimes que no paraven de regalimar i li mullaven tots els bigotis. Llavors la Mina la va agafar, la va tapar amb un edredó i la va acariciar fins que es va calmar i va parar de plorar. A l'altre costat hi havia en Marcus, que va amagar el nas a l'esquena de l'Elsa. I així van passar la primera nit els quatre nens i els dos gossos.

La Mina no va somiar res. Si més no, això és el que va dir quan es va llevar i l'avi li va preguntar si havia somiat alguna cosa. Cap cocodril no li havia mossegat el cul, però notava una mena de cuquet a la panxa, com si tingués vertigen.

Però no en va dir res a ningú, tret de la Mischa. Li va explicar a cau d'orella allò que només una laika fidel de la Sibèria podia guardar en secret. En la Mischa s'hi podia confiar.

–Aquesta expedició em fa una mica de por –li havia dit.

III

L'ENDEMÀ, l'avi s'enduria els quatre nens i els dos gossos a fer la primera etapa, la primera part del pla de fer el cim de la Muntanya de les Tres Coves.

Així era com es deia la muntanya, que estava situada a l'est de la casa, a prop del poble de Helgeboda, i feia més de mil metres d'altitud. Però el primer dia no arribarien pas tan amunt, només fins a la primera cova, la que s'amagava darrere tres bedolls petits que creixien de tal manera que era molt fàcil trobar l'entrada.

L'avi duia una motxilla, perquè la intenció era establir un camp base a la primera cova. Cap dels nens no sabia què era un «camp base», però l'avi els ho va explicar abans de marxar: quan algú es plantejava fer un cim de gran dificultat, com era pujar, per exemple, a la Muntanya de les Tres Coves, que passava de mil metres d'altitud, no ho podia fer d'una tirada. Era massa lluny i massa cansat, passarien molta gana i a l'Elsa li farien mal les potetes, si no podia descansar. S'havien d'anar fent pauses; a la primera cova, per exemple, on tindrien queviures i podrien descansar i menjar.

Per això, havien de portar el menjar i els arti-cles de primera necessitat fins a la primera cova, que seria el camp base. Després tornarien a casa i l'endemà podrien fer un tros més de muntanya, però descansarien i s'atiparien en el camp base de la primera cova. Així ho feien els alpinistes de debò.

–Que fort! –va dir en Marcus–. Jo ho he vist per la tele. Sí, quan pugen a l'Himlàmaia ho fan així.

–Himàlaia –va dir l'Ia–. No Himlàmaia.

–No senyora. Jo vaig sentir que deien «Himlàmaia» –va dir en Marcus, empipat.

–Ets massa petit –va dir l'Ia–. No entens res. Els nens de cinc anys no entenen res.

–Però si quan ho vaig veure per televisió tenia dos anys! –va dir en Marcus–. I els nens de dos anys, sí que ho entenen tot.

Llavors l'Ia i en Marcus es van començar a barallar, com sempre. Però l'avi va dir:

–Si hem de fer una expedició llarga i difícil, no podem barallar-nos constantment. Hem d'estat tots units i d'acord! Pareu!

–Himlàmaia –va dir en Marcus–. Himlàmaia, Himlàmaia, Himlàmaia!

Cap a les deu ja s'havia calmat tothom. L'avi havia fet la motxilla amb els articles de primera necessitat i van enfilar el camí cap a la primera cova.

L'AVI duia la motxilla grossa a l'esquena i una altra motxilleta per portar nens davant. Asseguda dins de la motxilleta hi havia l'Elsa, que era massa petita per aguantar tot el camí. O potser sí que hauria aguantat, però no hauria parat de córrer amunt i avall i allò hauria estat un desgavell.

Per això anava asseguda dins la motxilleta, a la panxa de l'avi. Aquella motxilla era del nét més petit de la Gunilla, que es deia Skrutten, només tenia vuit mesos i s'havia quedat a Estocolm. L'Elsa, al principi, espeternegava una mica, però després s'hi va acostumar i anava mirant al seu voltant cantussejant. I se la veia molt satisfeta.

–Heu d'estar molt atents –va dir l'avi–, perquè aquí hi ha llops, linxs i óssos. Tingueu els ulls ben oberts.

–Com és un ós? –va preguntar en Marcus–. És gros?

–Quan en vegis un, ho sabràs –va dir l'Ia–. I ara calla, que espantes els ocellets.

–Però com és?

–És gros com un elefant, però molt més petit, i ara calla, Marcus!

En Marcus, que anava al darrere de tot, hi va rumiar una bona estona. Al final va dir:

–Allà hi ha un ós.

Tots es van aturar. Havien pujat un bon tros per un caminet una mica costerut i havien arribat a un lloc des d'on es veia la vall que tenien als peus. Tots van mirar avall. La Moa va córrer a abraçar-se als genolls de l'avi.

Feia cara d'espantada.

–On? –va dir l'Ia.

–Allà –va dir en Marcus–. És un ós.

Tots van mirar. Allò era una roca; claríssim.

–Ruc! –va dir l'Ia–. Que no ho veus, que és una roca? I és grisa, i els óssos són marrons, i, a més, es mouen, i les roques no es mouen!

En Marcus va mirar-se la roca una bona estona.

–Jo hi veig un ós –va dir–. Allà.

–Marcus!!! Ja n'hi ha prou! És una roca!

–Doncs jo hi veig un ós –va repetir en Marcus.

L'avi va sospirar i va dir:

–Ets de naturalesa poètica, Marcus. Vinga, continuem.

I van continuar, cap amunt, en direcció a la primera cova. Al capdavant, l'avi amb l'Elsa dins la motxilleta. Després hi havia la Mina, que duia la corretja de la Mischa. Més enrere, l'Ia, que agafava la mà de la Moa; i l'últim era en Marcus.

Feia un dia preciós. Ningú no sabia res de tot allò tan terrible que encara havia de passar.

Tot d'una van veure la cova.

Estava al peu de la muntanya, just allà on començava el pendent. Quedava mig amagada rere tres bedolls petits, però l'entrada es veia força bé.

L'avi hi va entrar. La cova feia quatre metres de fondària, dos metres d'altura i al llarg d'una de les parets, hi havia un banc tallat a la roca on es podia seure. Per una de les parets hi regalimava una mica d'aigua, cosa que, pel que l'avi els va explicar, els podia ajudar molt si mai es trobaven en una situació crítica i es veien obligats a quedar-se a la cova força temps. Si fos així, ja tindrien aigua.

–Què és una situació crítica? –va preguntar la Moa.

–És quan hi ha l'amenaça d'un perill –va dir l'avi– i t'has d'amagar a la cova. Ara descarregarem, guardarem les reserves i prepararem el camp base.

I l'avi va començar a omplir el camp base de provisions.

S'havia endut de casa bosses de plàstic i capses, i va arrenglerar els articles de primera necessitat al fons de la cova. Primer les begudes: quatre ampolles de Coca-cola, dues Pepsis, dues Fantes de taronja i dues Fantes amb gust de nabius blaus. A més, mig litre de llet amb cacau, un quart de litre de nata (per als maduixots) i dos iogurts de mig litre. Després, sis pastissets de xocolata amb avellanes, dues bosses de caramels, una bossa de piruletes (quinze de verdes i quinze de vermelles) i també dos paquets de salsitxes de Frankfurt i un pot de mostassa. A més a més, dos pots de gerds i un de maduixots, una bossa amb sucre, sis plats de paper, deu culleres de plàstic, deu gots, deu ganivets i deu forquilles, una bossa amb pinso per a la Mischa, un bol, dues llaunes de pollastre Miau (per a l'Elsa, perquè no estava acostumada a menjar pinso) i un bol per a ella. Bosses de plàstic (per recollir les caques de terra de la cova en cas que la pobra Elsa tingués un accident), i galetes Maria, dotze xocolatines, un paquet de torrades i mig quilo de mantega. I, per acabar, una bossa de llaminadures diverses (sis-cents grams) i quatre còmics.

–Ara –va dir l'avi– ja tenim un magatzem ple de provisions. Hi falta res? Penseu-hi bé.

Tots els nens van pensar-hi una bona estona.

–Gelats –va dir en Marcus–, amb crema de xocolata.

–No siguis ruc! –va dir l'Ia–. Que no ho saps, que els gelats amb la calor es desfan? No s'hi poden tenir gelats, en un camp base. Fes servir una mica el cap, Marcus.

–És igual, falten gelats –va dir en Marcus.

–MARCUS!!! –va dir l'Ia.

L'avi va intervenir:

–En Marcus té raó, no hi ha gelats. Però l'Ia també té raó, no podem guardar-hi gelats, en un camp base. Però a la tercera cova hi fa fred perquè és més amunt d'on s'acaben els arbres. Allà sí que hi podrem tenir gelats.

–Amb crema de xocolata –va dir en Marcus.

–Això mateix –va dir l'avi.

–Mira, mira, Ia... –va dir en Marcus–. Torno a tenir raó!

La colla va sortir i van asseure's davant de l'entrada de la cova.

Es van col·locar tots en renglera: l'avi, la Mina amb l'Elsa a la falda perquè era on més li agradava estar, la Moa, l'Ia i en Marcus, i a la punta, la Mischa, agafada a en Marcus amb la pota. Tot plegat era una mica solemne, van pensar. Tothom contemplava la vall en silenci. Molt lluny, veien la casa de l'avi i la Gunilla, i com sortia el fum de la xemeneia fent espirals.

Al final en Marcus va dir:

–Pensava... si podria pujar dalt de tot d'aquell pi tan alt en bicicleta.

L'Ia va dir, amb una cantarella especial, com si parlés amb un babau:

–Marcus, no es pot pujar dalt d'un pi en bicicleta. És impossible.

–Però –va dir en Marcus–, imagina't que poguessis pujar dalt d'un pi en bicicleta. Aleshores...

–Però és que no s'hi pot pujar.

En Marcus feia cara d'estar a punt d'enfadar-se i no va dir res durant una estona. Ningú més no va dir res. Contemplaven la vall i el bosc i el fum que sortia de la casa, lluny. Però al final en Marcus va dir:

–Sí, però imagina't que poguessis; sí, que hi poguessis pujar, dalt de tot del pi, en bicicleta. I així...

–MARCUS!!! –va dir l'Ia–. No et facis passar per ruc. Tens cinc anys i hauries d'entendre que

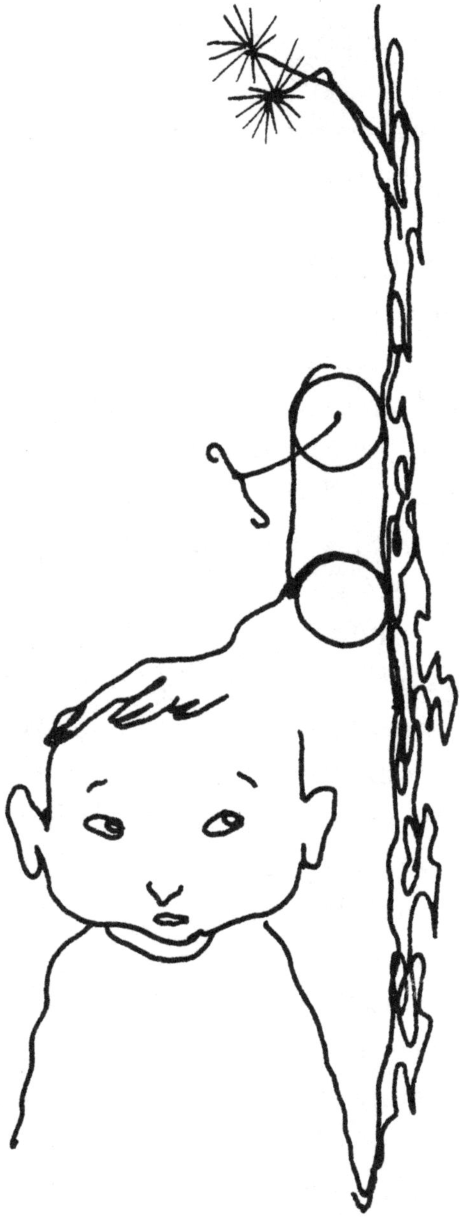

és impossible pujar dalt d'un pi en bicicleta. I prou!

–Sí, però –va dir en Marcus amb el plor a la gola– si poguessis pujar dalt d'un pi en bicicleta, aleshores...

–MARCUS! PROU!

Però just quan l'Ia i en Marcus estaven a punt de saltar i barallar-se, l'avi va dir:

–Però Marcus, en lloc de posar-te a plorar o barallar-te, has d'argumentar el que dius!

–Què és això? –va dir en Marcus.

–*Argumentar* vol dir explicar què penses. I per què ho penses. És a dir, per què dius que et sembla que seria divertit pujar dalt d'un pi en bicicleta. Has d'EXPLICAR a l'Ia el que vols dir. No cal que cridis. I sobretot, no li has de pegar.

–Això és argumentar? –va dir en Marcus.

–Exacte. Has d'argumentar. Aleshores l'Ia podrà entendre què penses. Explica-li això de pujar dalt d'un pi en bicicleta.

–Però si no es pot... –va començar a dir l'Ia, però l'avi li va dir que callés i que deixés en Marcus argumentar-ho.

–Ho argumento ara? –va dir en Marcus.

–Exacte –va dir l'avi–. Endavant.

Tots miraven en Marcus. Ara argumentaria.

Van veure que en Marcus es mossegava el llavi i van pensar que el cap li devia anar a cent per hora.

–Vinga, digues! –va dir l'Ia–. Ara has d'argumentar i explicar això de pujar al pi en bicicleta.

–Vinga, comença –va dir l'avi, afectuosament.

Tots esperaven amb expectació el que en Marcus diria. Veien com en Marcus no parava de pensar mentre es mossegava el llavi. Finalment, va dir:

–Veig un ós.

Tots van enfadar-se.

–MARCUS! –va cridar l'Ia–. Havies d'ARGUMENTAR!!! Ja n'hi ha prou, de fer-te passar per ruc!

Però en Marcus tenia la mirada clavada davant seu i va tornar a dir:

–Veig un ós.

–Marcus, t'ho demano, sisplau. Sisplau, Marcus.

Però en Marcus va aixecar el braç, va assenyalar amb el dit i va dir:

–Allà.

Tots van mirar, gairebé sense voler, cap on ell havia assenyalat. I el van veure.

Era un ós.

Un ós de debò, i era tal com l'avi havia dit: gros com un elefant, encara que molt més petit. Però era gros i marró, i caminava amb passes lentes, a només deu metres d'on eren ells. El tenien tan a prop que li haurien pogut llançar una pinya i tocar-lo, tot i que ningú no gosava fer-ho. S'havien quedat tots muts i rígids, i una mica espantats, també. L'ós era deu vegades més gran que la Mischa. Tot d'una es va aturar i se'ls va quedar mirant, a l'avi, els quatre nens i els dos gossos, tots set arrenglerats davant la primera cova, la que era just allà on començava el pendent de la muntanya i que havien convertit en el camp base i on havien posat un munt de provisions.

L'ós es va aturar i es va quedar mirant la filera que formaven entre tots davant la cova. Ningú no deia res.

I llavors, just en aquell moment, la Mischa va aixecar el cap i mirant enlaire va començar a udolar. Era com una cançó molt llarga: aaauuuuuUUUUUUUUUuuuuuuuuu. Pujava i baixava, perquè així és com udolaven els gossos de tir que venien de la tundra de Sibèria, de l'est, de molt lluny.

L'ós, completament quiet, mirava la Mischa.

Aleshores, l'ós també va aixecar el cap i es va

posar dret sobre les potes del darrere. Així van poder veure que l'ós encara era més alt que l'avi, tot i que l'avi feia dos metres d'alçada. I l'ós va contestar, va ser com un bramul, fosc, greu, que sonava com un ooooooooooooooUUUUUUUU-UUUmmmmm, i llavors la Mischa va callar.

Es va fer un silenci absolut.

L'ós va tornar a posar-se de quatre potes i va tirar, a poc a poc, muntanya amunt.

Ningú no es movia.

–Què ha dit? –va preguntar en Marcus, finalment.

Però l'avi havia quedat mut; no va contestar. Se li notava que estava amoïnat. Els nens estaven segurs que l'avi havia entès l'animal.

Al cap d'un moment, va dir:

–Està preocupat. Té un problema –va dir–. I està preocupat.

Es va aixecar, es va posar l'Elsa a la motxilleta, va agafar la mà de la petita Moa i va dir:

–I jo també estic preocupat. A la vall hi ha caçadors. Està prohibit caçar linxs, llops i óssos, però hi ha gent dolenta. N'hi ha que vénen d'Alemanya i cacen animals d'espècies protegides per vendre'ls, després; d'altres són de Håvilsrud o potser són d'Arvika, no ho sé. L'ós ens ha volgut avisar. Però estava preocupat. Ara haurem de tornar-nos-en a casa amb la Gunilla, perquè les coses s'han complicat. Potser som davant d'un perill, i hem de deliberar.

4

Una llobatona en perill

I

Per a la Mina, l'Ia, que en realitat es deia Cecilia quan la van batejar i van llegir la fórmula màgica «que la sort i la felicitat t'acompanyin arreu dels set mars», era la millor d'entre tots els cosins. L'Ia tenia tres anys més que la Mina i li agradava cuidar-la. I a més, en sabia molt, de jugar, i tenia la mirada càlida.

Només era empipador quan l'Ia es barallava amb el seu germà, en Marcus. Aquell vespre, mentre refeien el llarg camí cap a casa, l'Ia i la Mina es van adonar que a la Mischa li'n passava alguna.

No parava d'ensumar i gemegar.

La Mischa potser ja era velleta, però encara tenia un sentit extraordinari de l'olfacte. L'avi deia que podia ensumar un pet a set-cents metres de distància i endevinar, per l'olor, qui l'havia fet. Un dia, en Marcus va baixar fins al camí, va fer una llufa i es va quedar allà esperant que la Mischa hi anés i digués que havia estat ell. Però al cap d'una estona, cansat d'esperar, va tornar a pujar a casa i es va trobar la Mischa dormint.

La gossa, és clar, també es va empipar quan en Marcus la va despertar.

–Que et penses que sóc ruca, jo? –li devia dir, segurament–. Mira d'entendre-ho, tinc son. Sisplau. Mira d'entendre-ho.

A en Marcus li va semblar que li sonava, allò de «mira d'entendre-ho», però no va poder recordar a qui ho havia sentit dir. Al final hi va caure: era el pare, quan volia fer el mandra al llit, al matí. Llavors no parava de dir «mira d'entendre-ho» i no es volia llevar. En Marcus n'havia parlat amb la Mina i ella li havia dit que tots els grans eren iguals. Sempre deien «mira d'entendre-ho», es tombaven i començaven a roncar. «T'hi has d'acostumar», deia la Mina. Però que un gos com la Mischa també digués aquestes coses, era ben trist, segons ella.

Van fer el llarg camí de tornada des del primer camp base, instal·lat a la primera cova, fins a casa. Durant el trajecte l'avi feia cara d'amoïnat però no havia dit ni mitja paraula. Era com si, d'alguna manera, s'haguessin encès totes les alarmes. La

Mischa també estava neguitosa i, de tant en tant, s'aturava a ensumar.

Quan van arribar a casa estaven baldats.

La Gunilla havia passat ànsia. Sempre es posava nerviosa quan l'avi marxava a fer expedicions perilloses i, aquest cop, encara amb més raó perquè s'havia endut la mainada.

Quan van entrar, la van trobar plantada a la porta remugant, però també estava contenta de veure'ls.

–I amb la gana que teniu, com ho faré ara per preparar menjar per a tothom!? –va dir mentre entrava corrents a la cuina.

–Les dones poden fer-les, aquestes coses –va dir la Mina perquè la Gunilla li havia ensenyat que allò era el que s'havia de dir quan es trobés en una situació compromesa.

Llavors la Gunilla, que era una dona simpàtica, va abraçar la Mina.

Però hi havia alguna cosa estranya, en tot plegat. A fora ja era fosc i el bosc que voltava la casa, al peu de la muntanya, era ben negre. La Mischa estava neguitosa. Era al porxo amb la mirada fixa en la foscor, ensumant.

–Què et passa, Mischa? –va dir en Marcus–. Per què estàs nerviosa? Que hi ha res, allà fora?

Però la Mischa no va contestar; amb el musell enlaire ensumava en direcció a la foscor amenaçadora.

En passava alguna.

II

L'ENDEMÀ al matí, la Mischa havia desaparegut.

Ningú no entenia com podia haver estat, però una de les finestres de la planta baixa era oberta, i la gossa segurament havia saltat per allà. L'Elseta havia dormit en el llit de matrimoni amb la Mina i l'Ia, amb el musell dins l'orella de la Mina fent-li pessigolles tota la nit; per això, quan la Mina es va llevar encara tenia son a les orelles i va dir a la Moa «mira d'entendre-ho» quan aquesta li va dir que volia jugar. Però llavors va sentir les veus dels altres i la de l'avi cridant que la Mischa havia desaparegut.

Això la va desvetllar de cop.

–La Mischa ha fugit –va dir en Marcus, assegut al porxo i mirant fixament el bosc i la muntanya.

Tenia els ulls plorosos i havia passat tot el matí assegut al porxo cridant-la, però res, la Mischa no havia aparegut.

–Ahir també va passar alguna cosa –va dir l'avi, que havia sortit de la casa–. Però la Mischa tornarà. Alguna cosa la deu haver cridat.

–Les coses no criden –va dir l'Ia–. Qui és una cosa?

–No ho sabem. Haurem d'esperar.

I es van posar a esperar. Era el dia que havien de pujar al camp base, abans de fer l'intent definitiu fins al cim i vèncer la muntanya. Però no podien pas marxar abans que la Mischa hagués tornat.

–Hem d'estar units –va dir l'avi–. Hem d'esperar la Mischa.

I van esperar.

AQUELL mateix dia el Barrufet i la seva mare, la Lotta, van arribar a la casa.

La Lotta era filla de la Gunilla, i com que se n'anava una setmana de vacances, venia a deixar el Barrufet amb la seva mare. Així doncs, la Gunilla era l'àvia del Barrufet i la dona perdia la xaveta de tan bufó que era el seu nét, segons ella. El Barrufet tot just tenia vuit mesos i encara no sabia caminar, però la Gunilla deia que era preciós, meravellós, llest i absolutament extraordinari; en definitiva: un prodigi. Però tan bon punt els començava a parlar del Barrufet, la canalla es posava a badallar. Una vegada, en Marcus va fer veure que s'adormia i la Gunilla es va enfadar, tot i que normalment li agradaven molt les bromes i els acudits. I la Mina, que, per cert, pensava que el Barrufet estava bé, però no era tan meravellós com la Gunilla els volia fer creure amb la seva xerrameca, després d'haver dit que el Barrufet li recordava els bunyols de la iaia Vega, que eren boníssims, perquè el menut semblava un bunyolet feliç.

Però a la Gunilla tampoc no li va fer gens de gràcia, aquell comentari.

Fos com fos, la Lotta i el Barrufet van arribar cap al migdia, i en Marcus va preguntar si el Barrufet també els acompanyaria a fer l'ascensió a la Muntanya de les Tres Coves. Llavors la Mina, que es va recordar del somni dels caníbals del Congo, va proposar d'endur-se el Barrufet al camp base per cruspir-se'l si les provisions s'acabaven. Com que era tan molsudet i tan bo...! I encara més si hi posaven una mica de quetxup.

Però la Lotta, la mare del Barrufet, que era molt mal carada, com se sol dir, tot i que vés a saber per què es diu així, es va enfurismar.

Al capdavall, allò només havia estat una broma de la canalla, però no els havia sortit gaire bé, aquella broma. I ella s'ho havia pres molt malament.

A més, mentrestant, en Marcus s'havia posat a plorar.

–És que jo m'estimo molt la Mischa. I si no torna mai més? –deia, sanglotant, i no hi havia manera de consolar-lo–. I si els caçadors li disparen?

Quan va haver dit la paraula caçadors, de sobte es va fer un gran silenci. I a tothom se li van acabar les ganes de fer broma.

LA MISCHA va tornar a dos quarts de tres.

Estava xopa de cap a peus i duia una esgarrinxada a l'orella, però fora d'això, estava la mar de bé. I els havia d'explicar una cosa, això era evident. Estava tan alterada i esgotada que els costava molt d'entendre què volia, però la gossa es negava rotundament a entrar a casa.

Estirava les cames de l'avi, s'allunyava corrents del porxo, s'aturava, tornava corrents, volia marxar d'allà.

–Hem d'anar a veure què passa –va dir l'avi–. Necessito dos nens que em facin d'ajudant. Cap de vosaltres s'hi apunta voluntàriament?

–Aubbbbbbbb pssss bubbbbbb –va dir el Barrufet, que s'havia enfilat al graó del porxo de quatre grapes.

–No pot ser –va dir l'avi–. Ets massa petit, tu.

–La Moa vol venir –va dir la Moa.

–Tampoc no pot ser –va dir l'avi. Llavors va veure que la Mina, en Marcus i l'Ia havien aixecat la mà.

–Mina i Marcus, vosaltres vindreu amb mi –va dir l'avi–. Ia, tu prendràs el comandament del campament instal·lat aquí, a casa, i estaràs preparada per ajudar, si cal.

–No es pot dir «ajudar», quan es parla de fer coses a casa –va dir la Mina, sempre atenta–. La Gunilla diu que no has d'ajudar algú altre a fer les coses, sinó que les has de fer tu, directament.

–Sí, sí, ja ho sé –va fer l'avi, a punt d'enfadar-se–, però això que diu la Gunilla només és per a les feines de casa. No és per a les altres coses. Ara ens n'hem d'anar.

La Mina va mirar el bosc. Abans semblava força acollidor amb els bedolls que creixien damunt l'antiga fortificació i uns pins preciosos; més enllà, amb els turons que cada cop eren més alts. I darrere de tot plegat, gairebé s'hi podia intuir aquella muntanya fantàstica, que tenia un nom estrany però bonic: Muntanya de les Tres Coves.

Però ara, el bosc en el qual s'havien d'endinsar els semblava quasi... amenaçador.

Durant una estona va pensar com eren les coses feia un parell de dies, o sigui a casa seva, abans d'anar-se'n cap a Värmland, cap a aquella casa que tenia un nom, Söderås. Si hagués passat por aleshores, abans de marxar, s'hauria posat a bramar, i el pare i la mare haurien vingut corrents. Però ara, la cosa era molt pitjor, però ella no plorava, perquè notava que no era ni el lloc ni el moment per fer-ho. Havien d'estar tots units i aventurar-se cap a l'interior d'un bosc amenaçador per tal d'esbrinar què volia la Mischa. Si no hi anaven, no podrien fer de debò l'expedició a la Muntanya de les Tres Coves.

–Esteu preparades, noies? –va dir l'avi–. Us heu cordat els sostenidors? Au, doncs, som-hi!

Això era el que deien els soldats de les unitats de campanya de la regió del nord quan l'avi feia el servei militar.

–Que divertit –va dir l'Ia.

–Accelera! –va dir la Mina.

I van enfilar el camí que travessava el bosc, el camí que els portaria cap a la Muntanya de les Tres Coves, i cap a allò que la Mischa els volia ensenyar.

III

La Mischa va arrencar a córrer com si no tingués cent dinou anys. De tant en tant s'aturava, impacient, i esperava els altres tres, i quan l'atrapaven, tornava a fugir sense dir ni mitja paraula.

Hi havia alguna cosa que no podia esperar.

Els costava de caminar perquè durant la nit havia plogut i el terra estava moll i quan topaven amb alguna branca els queia una bona dutxa que els deixava ben xops. Una hora més tard, de sobte, van sentir els lladrucs de la Mischa.

–Són lladrucs d'avís –va dir l'avi–. La Mischa ha trobat alguna cosa.

–Què és un lladruc d'avís? –va preguntar en Marcus; però llavors se li va il·luminar el rostre,

va assenyalar un punt i va dir–: Mireu! Veig un lladruc d'avís!

–Marcus –va dir l'avi–, un lladruc d'avís és, per exemple, quan la Mischa, que és un gos per anar a caçar ants, en troba un. Llavors borda per avisar-nos. Un lladruc d'avís no es veu, se sent.

–De totes maneres, jo veig un lladruc d'avís –va dir en Marcus assenyalant amb el dit.

I allà, a cent metres, hi havia la Mischa. Ho havia trobat. I els volia ensenyar alguna cosa.

S'hi van acostar amb compte.

La Mischa assenyalava amb el musell alguna cosa ajaguda dins una escletxa de roca que hi havia un parell de metres més enllà. Era un llop. L'animal no es movia i quan s'hi van acostar van veure que era mort. Havia perdut molta sang, i van veure que li havien disparat i que el tret li havia foradat el pit. Però el llop no havia mort a l'instant; van veure que hi havia rastres de sang a terra. Havia intentat arrossegar-se per amagar-se, però no havia tingut prou forces. I s'havia mort dins aquella escletxa.

Però es devia haver pogut arrossegar un bon tros, perquè els caçadors que li havien disparat no l'havien trobat.

–Són els caçadors furtius dels quals parlava l'ós? –va dir la Mina i es va posar a plorar.

–Fills de sa mare! –va dir l'avi. Però ningú no va dir a l'avi que no s'havien de dir paraulotes perquè tots havien pensat el mateix que ell, tot i que no ho havien dit.

–Jo també ho penso –va dir en Marcus. I tots van veure com li tremolava el llavi de sota.

Era un llop molt gros, quasi tan gran com un gegant, van pensar, i era bonic i tenia els ulls tancats. Feia venir esgarrifances mirar-lo, perquè li devia haver fet molt de mal, aquella ferida. Però la Mischa semblava impacient: el llop mort no era l'únic que els volia ensenyar. Es va enfilar dalt de tot de la roca. Al darrere hi havia un avet petit amb tot de branques que arribaven fins a terra.

Allà. Allà hi havia alguna cosa.

En Marcus va ser el primer a entendre què passava. Va grimpar roca amunt pel mateix camí que la Mischa, va aixecar les branques de l'avet i ho va veure.

–Avi! –va cridar–. Vine a veure això!

L'avi i la Mina van pujar dalt de la roca i van enretirar les branques.

Llavors van veure un musellet que treia el cap, un parell d'ulls que els miraven i un animalet molt petitó que tremolava de cap a peus.

Era un llobató.

Petit com un gat, segurament anava amb el seu pare quan els caçadors li havien disparat, i no havia gosat separar-se'n. No havia entès que el pare era mort i s'havia amagat a prop d'ell. Devia haver passat una nit terrible, freda i humida, perquè el pobre estava tot xop i tremolava com una fulla. Estava baldat i gairebé no es movia.

L'avi es va ajupir i el va agafar. El va girar del dret i del revés i el va examinar amb atenció, però el llobató estava tan espantat i tan cansat que ni tan sols espeternegava. Com que no s'hi va resistir gens, l'avi el va mirar ben bé pertot arreu sense problemes.

–No està ferit –va dir l'avi al final–. Segurament els caçadors no sabien que també hi havia un llobató. Anaven al darrere del llop gran i no s'han fixat en el cadell.

L'avi va mirar aquell llop enorme, mort, durant una estona i després va fer que no amb el cap.

–És estrany –va dir–. Han mort el pare. I segurament la mare s'ha salvat. Deu ser en algun racó, amagada.

–On? –va dir la Mina–. L'hem de trobar.

–No ho sé –va dir l'avi–. Potser se n'ha anat al seu cau, a esperar que els caçadors toquin el dos. No deu saber que el menut s'ha salvat. També ha de cuidar els altres petits.

–Potser no té més fills –va dir en Marcus.

Tothom va pensar uns moments en allò que en Marcus havia dit. I després també van intentar imaginar-se què devia pensar la mare lloba en aquells moments. I no era gens agradable. La

llobatona es va estrènyer contra l'avi. La Mina es va treure la bufanda verda que la seva mare li havia regalat pel seu aniversari i va començar a eixugar la llobatona.

–Hem arribat pels pèls –va dir l'avi–. No hauria resistit una altra nit.

–Li podem posar Rubert –va dir en Marcus.

–És una nena, una llobatona –va dir l'avi.

–Aleshores, Maja-Rubert –va dir en Marcus.

I com que l'Ia no hi era i, per tant, no podia dir-li que una llobatona no es podia dir Maja-Rubert, ningú no va protestar.

–I ara què fem? –va preguntar la Mina.

–Ens n'hem d'anar cap a casa –va dir l'avi–. Hem d'eixugar la Maja-Rubert i escalfar-la. I ella, sobretot, ha de tornar amb la seva mare.

La llobatona els mirava amb ulls espantats i neguitosos, i encara tremolava dins aquell cosset. Però la Mina continuava fregant-lo amb la bufanda. Al cap de poca estona ja estava gairebé eixuta.

–Hem de trucar a la policia –va dir l'avi–. Disparar a un llop és un delicte. Haurem de deixar el llop pare aquí. Està mort, però s'haurà de fer una inspecció del lloc dels fets. Els caçadors, els hauran de castigar. Però la llobatona ens l'emportem.

De sobte, la Mina va adonar-se d'una cosa.

–La Mischa! No hem pensat a donar les gràcies a la Mischa!

I va baixar fins on era la Mischa, que esperava asseguda als peus de la roca, i li va fer una abraçada ben forta. Tots van veure que la Mischa es posava més contenta que un gínjol i també es tornava vermella perquè era una mica tímida, però de contenta n'estava i molt. Tots sabien que si la Mischa no els hagués obligat a anar fins al bosc a veure què passava, la llobatona s'hauria mort.

Tots junts van tornar-se'n cap a casa.

IV

LA GUNILLA era al porxo amb el Barrufet a coll i els va veure arribar. L'avi, que duia la llobatona dins la jaqueta, la va obrir i la va treure.

Va anar de poc que a la Gunilla no li cau el Barrufet a terra.

–Què és això? –va dir–. On l'heu trobat?

L'avi li va explicar com havia anat tot plegat. La Gunilla va fer un posat seriós, perquè de seguida va endevinar què havia passat. Durant tota l'estona que ells havien estat fora, la dona havia passat ànsia.

Però, què en farien, de la llobatona?

La petita no deia res, només mirava al seu voltant.

–Crec –va dir l'avi– que la seva mare és per aquí dalt, al bosc. O a les muntanyes. La cria hi ha de tornar, perquè és on estarà millor, però abans s'ha de refer. Està rebentada, pobreta.

L'Ia ja hi havia pensat. Havia posat llet a escalfar, havia tret un matalàs de l'armari i havia anat a buscar una bossa de pinso al rebost. Era una noieta molt decidida. Era com si hagués intuït el que l'avi duria quan tornés, tot i que no ho podia saber; a més, era una bona organitzadora. Ella i la Gunilla van començar a fullejar un munt de llibres per esbrinar què menjaven els llobatons, però enlloc no en deia res.

–Quins llibres de cuina més dolents! –va dir la Gunilla.

En Marcus i la Mina ja havien anat per feina i preparaven un llit per a la llobatona. La qüestió era que la petita s'escalfés. En Marcus va encendre la llar de foc mentre el Barrufet s'arrossegava de quatre grapes fent grans cercles al voltant de la llobatona tot fent uns sorollets que els altres

nens van interpretar que era la llengua dels llops, perquè la llobatona es mirava el Barrufet amb cara més aviat de sorpresa, després d'haver-se'l mirat una mica espantada.

–I si posem el Barrufet i la cria en el mateix llit? –va preguntar en Marcus.

–Per què? –va dir la Moa.

–Perquè als nadons els agrada dormir junts! –va dir en Marcus.

Llavors va arribar l'Ia amb el biberó, que havia pres al Barrufet, i la Mina es va posar la petita Maja-Rubert a la falda. L'Ia aguantava el biberó, en Marcus li gratava la panxa i la Moa tenia preparada una tovallola per si vomitava. El foc cremava dins la llar i a la llobatona li pesaven cada cop més les parpelles, i quan ja s'havia begut mig biberó, se li van tancar els ulls i va continuar xuclant amb un moviment de llavis cada cop més lent. Els nens es miraven tot allò meravellats i molt atents.

Al final, la llobatona es va adormir.

Les brases crepitaven i la Maja-Rubert dormia. La Mina va portar la llobatona al llit, la va tapar amb l'edredó fins a la barbeta amb cura i els quatre nens es van col·locar drets al seu voltant. Bé, tots cinc, si comptem el Barrufet, però ell no havia participat en el salvament de la petita i no podia entendre com n'havia estat, de terrible, l'experiència, encara que al final tot havia sortit bé. Al cap de poca estona, el Barrufet també dormia en el seu llit de baranes.

Però aquell vespre els quatre nens van quedar-se molta estona asseguts al voltant de la llobatona, que dormia plàcidament, pensant que la Maja-Rubert era la cosa més bonica que haguessin vist mai.

Però, com li anirien les coses? Com s'acabaria aquella història?

A MITJA NIT, un soroll estrany va despertar la Mina.

L'habitació era a les fosques, el foc de la llar s'havia apagat però encara hi havia brases. Els nens dormien cadascun al seu llit, però la Mina s'havia ficat dins el llit de la llobatona perquè no s'espantés si es despertava i no comencés a udolar per cridar la mare, tal com feia ella quan era petita. I un soroll l'havia despertat.

Era un cant allargassat, planyívol: ooooouuuuuuuuuuuuuuuuuuuuuuaaaa, que s'apagava i després tornava a començar, ooooooooooooooouuuuuuuuuuuaaaaaa. I silenci una altra vegada. I el cant planyívol tornava a començar, fluixet, des de molt lluny.

Tot d'una, la Mina ho va entendre. Era la mare de la llobatona, que la cridava. Era un reclam. Cridava la seva filla. La Mina va girar el cap i va mirar la llobatona. La Maja-Rubert també s'havia despertat, tenia els ulls oberts i mirava fixament el sostre. També ho havia sentit.

La seva mare la buscava, la cridava.

Tenia les potes damunt l'edredó i la Mina n'hi va agafar una amb una mà i la va subjectar amb cura. Els reclams anaven i venien, fluixet, fluixet. Al final, es va fer silenci.

La Mina mirava la llobatona. L'havia sentit. Sabia que la mare cridava la seva petita, la buscava. Al final, la Mina va veure que els ulls de la llobatona estaven cada cop més cansats, que de mica en mica els anava tancant i al final va sentir, per la respiració, que ja dormia.

Però la Mina va agafar la pota de la Maja-Rubert tota l'estona, perquè estigués tranquil·la. I al cap d'una estona totes dues dormien.

L'ENDEMÀ al matí, la llobatona va ser la primera a llevar-se.

S'havia arrossegat fins al llitet del Barrufet i se l'havia quedat mirant a través dels barrots intentant esbrinar què era aquella criatura.

El Barrufet havia ficat el dit gros a la boca de la llobatona i estava la mar de feliç i reia. Van passar el dia raspallant el pèl de la llobatona i donant-li menjar, sobretot farinetes, però també li agradava la Coca-Cola si li'n posaven en un platet. L'avi estava assegut a taula rumiant i no deia gairebé res, però quan la Mina li va explicar el que havia passat durant la nit, encara es va posar més pensarós.

–La busca –va dir–. Quan tornem a sentir el reclam de la mare ho hem d'aprofitar.

–Per què no es queda amb nosaltres per sempre, la Maja-Rubert? –va dir l'Ia–. Jo me l'estimo molt.

–No pot ser –va dir l'avi–. Un llop ha de viure al bosc i a la muntanya. I has de pensar en la mare. Ara mateix deu voltar per la muntanya buscant-la i deu estar desesperada.

–I què hem de fer, doncs? –va dir en Marcus.

L'avi va mirar la Mischa una estona en silenci i després va dir:

–Fa temps, la Mischa era gairebé un llop. La seva rebesàvia era un llop que vivia a la tundra de Sibèria. Segur que la Mischa sap què s'ha de fer.

Va mirar la Mischa, que estava ajaguda a terra als seus peus, una bona estona i després va dir:

–Ho saps, oi, Mischa? Tu saps què has de fer.

La Mischa no va dir res. Havia jugat una estona amb la llobatona, però se n'havia cansat, i ara

la llobatona feia el trapella amb un cabdell de llana.

–Mischa –va dir l'avi–, saps què has de fer, oi?

I al cap d'un moment, la Mischa es va aixecar. Va sortir a fora, va travessar l'esplanada de gespa del jardí i es va enfilar a la pedra llarga que hi havia a l'entrada del bosc. Va alçar el cap i va començar a cantar. Era un cant monòton, allargassat; un udol monòton, bonic, profund, llarg, que només feia uuuuuaaaaaaaaaaaaauuuuuuuuuuu. Va abaixar el cap, va parar l'orella, va aixecar el cap una altra vegada i va tornar a cantar.

Ningú no l'havia sentit mai cantar d'aquella manera. Era un cant una mica trist, quasi angoixant, però també era molt bonic. Quan va acabar, la Mischa es va quedar asseguda a la pedra ben bé durant mitja hora. Tots els nens estaven al porxo escoltant i ningú no deia res, perquè havien entès que alguna cosa estranya i extraordinària, potser fins i tot bonica, estava a punt de passar.

Així, després d'un llarg silenci, ho van sentir.

Molt lluny, gairebé com si fos dalt del cim de la Muntanya de les Tres Coves, algú va contestar. Un cant fluixet, un udol, que anava i venia.

–És ella –va dir l'avi–. És la mare. Ara ja ho sap.

–Què és el que sap? –va dir la Mina.

–Sap que la seva filleta és aquí. I em sembla que ve cap aquí. Ve a buscar la Maja-Rubert per endur-se-la.

–I se la podrà endur? –va preguntar la Mina.

–La Mischa li ho ha promès –va dir l'avi–. Li ho ha dit udolant. I les promeses s'han de complir.

–I ara què fem? –va preguntar en Marcus.

–Esperar.

I així va començar la llarga espera.

V

VA PASSAR una tarda, tota una nit i un altre matí.

La llobatona era la cosa més bonica i preciosa que haguessin vist mai, però estava una mica neguitosa; a les nits li havia costat de dormir, sovint es despertava i escoltava amb les orelles ben dretes.

Però la segona nit no van sentir cap soroll, cap so d'una mare que udolés o cridés. Què havia passat?

Havien estat els caçadors?

I al capvespre del segon dia, va arribar.

Estaven tots asseguts a la taula de la cuina: la Gunilla, l'avi i els cinc nens.

La Mischa s'estava ajaguda sota la taula, com feia sovint, per si de cas a algú li queia un bocinet de salsitxa, sense voler... Era curiós, però a en Marcus sempre li queien trossets de salsitxa, sense voler. A la Mischa no la deixaven pidolar les restes mentre els altres eren a taula, perquè volien que s'acostumés a menjar del seu bol i prou. Però, curiosament, a en Marcus sovint li queien bocinets suculents. Llavors la Gunilla se'l mirava tota seriosa i li deia que era molt estrany que justament a ell, que no era gens pocatraça, li caigués menjar a terra tan sovint. I llavors en Marcus li deia que sí, que ell tampoc no ho entenia.

Aquell vespre, però, de sobte, la Mischa va fer un rot sota la taula i en Marcus va fer una ganyota tan estranya que semblava guenyo i tot.

La llobatona era a la falda de la Mina i llepava una mica de paté que la Mina tenia al dit. L'Elsa s'estava amb l'Ia. I quan tots estaven la mar de bé i xerrant d'això i d'allò, ho van sentir.

Era fort i semblava molt a prop. No hi havia cap dubte.

–Oooooooooouuuuuuuuuuuuiiiiiiiiiioooo oooooommmmmmm.

Era un cant, com si fos d'un llop, d'una mare lloba que cridés el seu fill.

I era allà mateix.

Van sortir al porxo i de seguida la van veure.

Era un llop enorme. S'havia quedat a l'entrada del bosc, dalt d'aquell turonet on temps enrere hi havia hagut la fortificació, però que ara estava cobert de pins i bedolls.

Era la mare. Estava immòbil i se'ls mirava. L'avi duia la llobatona a coll.

–Què fem? –va dir en Marcus.

–Deixa-la anar –va dir la Mina–. Ha de tornar amb la seva mare.

Llavors l'avi va deixar la llobatona a terra amb cura. Ella va mirar un moment amunt, a l'avi i els nens i la Mischa i l'Elsa, com si els demanés què havia de fer. Però la mare va tornar a cantar: oooooouuuuuuoooooo, aquest cop més breu, i la llobatona la va sentir.

Va sortir com un llamp, va travessar l'esplanada d'herba tan de pressa com les seves potetes li ho permetien i no es va aturar fins que va arribar al costat de la mare.

La lloba se la va mirar uns instants, com si no

estigués ben segura que la petita realment fos viva o com si estigués tan contenta que no sabés què fer, però llavors va començar a ensumar-la. L'ensumava i l'ensumava, i després va començar a llepar-li el cap i l'esquena.

–La renta per treure-li la nostra olor –va dir en Marcus.

Després la mare va girar cua i es va endinsar al bosc. La petita la va seguir, de ben a prop. Però abans de desaparèixer, la mare es va girar, es va aturar un instant i els va mirar.

Era com si hagués volgut donar-los les gràcies. I tot seguit van desaparèixer.

–A on van? –va preguntar l'Ia.

–A casa –va dir l'avi.

–On és casa seva? –va preguntar l'Ia.

–No ho sé –va dir l'avi.

Llavors en Marcus es va posar a plorar, no gaire fort, però el llavi de sota li tremolava i els ulls se li van omplir de llàgrimes. De seguida, però, es va contenir, es va empassar els mocs i va dir:

–Jo veig on viuen.

–No és veritat, Marcus –va dir l'Ia–. No ho pot veure ningú.

–Que sí –va dir en Marcus–; de vegades pots veure-hi a través del bosc i de les muntanyes. Jo tinc aquesta capacitat, i veig com viuen, però no us ho explicaré.

I ningú no es va atrevir a contradir-lo, perquè ja havia tingut raó tantes vegades que els altres ja no sabien ben bé què podia veure i què no. Ja havia parat de plorar. Era al capvespre, aviat seria fosc, i la lloba i la petitona ja no hi eren.

–A mi em sembla –va dir l'avi– que les tornarem a veure. Tot i que no sé com. Demà, però, reprendrem l'expedició a la Muntanya de les Tres Coves.

I van entrar a casa. Tots intuïen que l'endemà seria un dia molt i molt emocionant. Però la Mischa estava molt callada, com si rumiés alguna cosa que només ella sabia i la resta no.

5
ES REPRÈN L'EXPEDICIÓ

I

QUAN l'endemà al matí la Mina va baixar de l'habitació dels nens, l'avi ja feia estona que s'havia llevat. Feia la bossa.

Havia caragolat dos sacs de dormir dobles i els

havia lligat al damunt de la motxilla, i a sota hi havia encabit els aïllants. La Gunilla era al seu costat mirant-se'l amb cara de preocupació.

–No em fa cap gràcia que marxeu –va dir–. I em neguiteja molt que no tingueu cobertura, allà dalt. Imagina't que passa alguna cosa..., no podreu trucar. I sereu fora tres dies!

–No pateixis. Em sembla que tot sortirà bé –va dir l'avi.

–T'ho sembla, dius?! Però i si...?

Van esmorzar amb un gran silenci al voltant de la taula. En acabat, es faria una conferència a l'entrada de la casa: una conferència volia dir que l'avi els explicava què passaria i què havien de fer, i la canalla feia preguntes i prenien les decisions entre tots.

La Mischa estava ajaguda amb el cap recolzat a terra i les orelles ben dretes; se li notava que estava tensa.

–Avui –va dir l'avi– iniciarem una expedició que a mi em sembla que durarà tres dies. Potser la podríem fer en dos, però jo diria que ens faltaria temps. Farem el cim de la Muntanya de les Tres Coves, i el farem plegats.

–Què vol dir *fer el cim*? –va dir en Marcus.

–Pujar fins dalt de tot –va dir l'Ia.

–I qui hi anirà? –va dir en Marcus amb cara d'amoïnat.

L'avi va mirar al seu voltant, va agafar aire i després va dir:

–Bé, en primer lloc la Mina, perquè en realitat és per ella que fem tota aquesta expedició. I després la Moa, que espero que tindrà prou forces, però anirem fent parades per descansar, i així segur que tot anirà bé. I després en Marcus i l'Ia. He rumiat molt què en fem, dels gossos, i serà millor que només vingui la Mischa. L'Elsa és massa petita. Ella es quedarà a casa per protegir el Barrufet i la Gunilla.

Tothom va fer que sí amb el cap amb un posat greu. Era veritat, les potetes de l'Elsa no aguantarien tota l'ascensió.

–Tothom s'haurà de posar les botes –va dir l'avi–. Hem de marxar tots amb la panxa plena i ningú no ha de tenir por.

Se'l van mirar amb cara de sorpresa.

–Per què hauríem de tenir por? –va dir l'Ia.

Però l'avi no va contestar. I tot d'una la Mina va notar alguna cosa dins seu que li deia que tot plegat potser no seria tan senzill. Potser, en el fons, hi havia alguna raó per tenir una mica, una miqueta, de por.

I si no, com és que la Mischa no es movia del porxo i guaitava el bosc tota nerviosa? Els gossos, d'alguna manera, entenien les coses millor que les persones. Els gossos tenien pressentiments i podien veure-hi a través del bosc i de la muntanya. Potser fins i tot podien veure el futur.

La Mischa potser intuïa alguna cosa, però no ho deia. I la Mina notava una cosa a la panxa, però no era una sensació de por, sinó com si estigués dalt d'una teulada molt alta i mirés avall, i s'adonés que estava molt amunt. Sí, tenia aquesta sensació.

Així doncs, van iniciar la ruta.

La Gunilla, el Barrufet i l'Elsa els van dir adéu amb la mà des de la porta de casa. L'expedició definitiva a la Muntanya de les Tres Coves havia començat.

II

VAN ARRIBAR al camp base de la primera cova cap a les cinc de la tarda, i tot havia anat rodat. S'havien hagut d'aturar cada mitja hora, més o menys, perquè no hi havia manera que la quitxalla fes pipí i caca tots alhora. Cada quart s'aturaven a fer pipi fins que al final l'avi va dir:

–Per què no ho feu com la Mischa? Ella s'atura i fa una ruixadeta molt de tant en tant i prou –va dir una mica empipat.

–La Mischa no va vestida –va dir en Marcus.

El camp base tenia el mateix aspecte que quan l'havien deixat cinc dies enrere. Era emocionant veure si les provisions encara hi eren, i en Marcus va arrencar a córrer els darrers cent metres per arribar-hi el primer. Es va endinsar a la cova i en va sortir amb un caramel a la boca.

–Les provisions encara hi són! –va dir just quan es posava el caramel a la boca, de manera que els altres amb prou feines el van entendre.

La cova estava situada a només cent metres d'altura, gairebé al peu de la muntanya. L'avi va pujar l'últim tros esbufegant perquè la motxilla que duia pesava bastant, però finalment es van reunir tots dins la cova.

El terra era net i polit, només hi havia fulles i branquillons, i damunt el banc de pedra de la paret del fons hi havia tots els queviures arrenglerats.

Ningú no havia tocat res.

–Passem revista! –va dir l'avi–. Començarem per la dreta i anireu explicant com us trobeu i si us fa mal res. Endavant!

La Moa era a la punta de la dreta.

–La Moa vol un gelat! –va dir.

–Molt bé –va dir l'avi–, la Moa està com sempre. I en Marcus?

–Doncs ara pensava que ahir, mentre pescàvem, vaig dir que la meva perca era més petita que la de l'Ia; però em vaig equivocar, perquè el meu peix en realitat era una llúcera, i les llúceres són més grosses que...

–Marcus! –va dir l'Ia–, has d'explicar com et trobes!

–Si arribo dalt del cim d'aquesta muntanya, tornaré a casa volant perquè si aixeco els braços i els obro així, llavors...

–Marcus! No pots volar fent anar els braços!

–Però si pogués..., llavors ho faria. Les cames se't cansen menys si trobes un àngel que et serveixi de moto, llavors...

L'Ia i en Marcus ja estaven a punt de barallar-se una altra vegada. L'avi va aixecar els braços i va dir:

–Està bé, ho farem d'una altra manera: qui tingui butllofes als peus que aixequi la mà!

Ningú no va aixecar la mà.

–Qui està cansat?

Tothom va alçar el braç tret de la Mischa, que s'havia ajagut a terra i semblava que dormia.

–Teniu gana?!

–Síííííííí! –van cridar tots alhora, i van despertar la Mischa, que es va aixecar d'un bot.

–Molt bé –va dir l'avi–. Preparem-nos per passar la nit aquí.

L'avi va començar a desfer la motxilla i la Mina, que era la que estava menys cansada, el va ajudar. Van estirar els aïllants i van desplegar-hi els dos sacs de dormir al damunt. A dins de cadascun hi cabien dos adults. Eren sis en total, si també comptaven la Mischa, però com que la Moa era bastant petita, hi hauria lloc per a tothom.

Però abans de ficar-s'hi, menjarien alguna cosa.

Va ser una festa fantàstica. L'avi ho va repartir tot en cinc parts iguals i el primer que van fer va ser intercanviar-s'ho entre ells. Les salsitxes amb quetxup es podien canviar per caramels, per exemple. O si a algú no li agradava la Coca-Cola, podia canviar el seu got amb aquesta beguda per un amb Fanta, i els gerds, per maduixots, i les piruletes, per xocolatines, i així van estar mitja hora fins que tothom va quedar satisfet. Tret de la Mischa, que es mirava amb cara llarga el bol de pinso que tenia al davant fins que l'avi va fer el gest màgic de ficar-se la mà a la butxaca i treure-se'n un grapat de galetes de gos; la Mischa en veure-ho es va posar molt contenta i tothom va començar a menjar.

–Recordeu –va dir l'avi– que mai no podeu donar menjar a la Mischa a taula, encara que us ho demani. Però vosaltres diríeu que això és una taula?

–NO! –van cridar tots a cor.

–Endavant, doncs –va dir l'avi. Es va ficar l'altra mà a l'altra butxaca i en va treure més galetes per a la Mischa.

–Però serà millor que de tot això no en diguem res a la Gunilla –va dir l'avi–, perquè llavors em dirà que mimo massa la Mischa. D'acord?

–D'ACORD! –van dir tots alhora.

–Molt bé –va dir l'avi–. Així, doncs, som solidaris.

–Què és això?

–És quan no expliques aquestes coses a la Gunilla –va dir l'avi.

I així, van poder continuar menjant.

A LES SET ja s'havia fet fosc i tota la colla es va arraulir dins els sacs.

En un hi dormien l'avi i en Marcus; en l'altre, l'Ia, la Mina i la Moa. La Mischa, de primer, volia dormir fora dels sacs, però al cap d'una estona la Moa es va posar trista i va començar a plorar. Llavors la Mischa se li va cargolar al costat i la Moa va enfonsar el cap dins el pèl de la Mischa i va parar de plorar.

Ben aviat, la cova va quedar gairebé a les fosques i l'avi va dir:

–Demà serà un dia dur. Hem d'estar descansats, si volem fer el cim. Ara resem i cantem.

I van resar, tots sis:
Àngel de la guarda,
dolça companyia
no em deixis
ni de nit ni de dia.
Jo sóc petit i em perdria.

I després l'avi va cantar una cançó que coneixia i que feia així:

Cremarà el cel i la terra
desapareixeran cims i serralades
però aquell qui creu pot comptar
amb les promeses, que no es desfan.

Quan va callar, la cova ja estava completament a les fosques.

Només se sentia fluixet, fluixet, que en Marcus roncava. Però al cap d'una estona breu, molt breu, la Mischa el va acompanyar roncant a la seva manera: puuuiiiiiiiiii, puuuuuiiiiii, puiiiiiiiii.

L'última a adormir-se va ser la Mina. Enyorava la mare.

III

Quan la Mina es va despertar, la Mischa era a l'entrada de la cova mirant la vall. Plovisquejava, i els núvols eren tan baixos que era impossible veure-hi més enllà de les capçades dels arbres que hi havia més a prop.

L'avi va sortir amb molts esforços del sac de dormir.

–Quin rotllo de temps –va dir en Marcus des del fons del sac de dormir–. De debò que hem de pujar la muntanya, avui?

–I tant! –va dir l'Ia.

–I tant! –va dir la Moa.

No semblava que ningú estigués de mal hu-

mor. Van esmorzar tots junts en silenci. L'avi va treure de la motxilla un impermeable per a cadascú; la Gunilla havia intuït que plouria i havia aconseguit impermeables per a tothom, cosa que li van agrair i molt.

A les deu van començar la caminada.

Ara el camí era més costerut; el sender, que pujava fins al cim de la muntanya, era bastant estret i caminaven a poc a poc. Al capdavant, la Mischa amb la Mina; darrere seu, els altres, i l'avi, l'últim. Els pins eren cada cop més baixets. L'avi els va explicar que aviat arribarien a la frontera dels arbres. A partir d'allà hi havia massa altitud i els arbres ja no hi creixien, elterra estava ben pelat i només hi havia molsa i unes quantes floretes. Al cap d'una estona va parar de ploure, però la boira encara era densa.

Però no era boira. Ara eren tan amunt que s'havien endinsat en un núvol.

Travessaven el núvol, com si anessin per dins d'un bol de llet blanca; era, si fa no fa, una sensació terrible i solemne alhora. Tothom sabia que ja estaven força amunt, però si miraven avall no veien el fons de la vall.

–Quan passem el núvol, podrem veure els àngels?

–Ja ho veurem –va dir l'avi–. De seguida ho sabrem.

–I podré endur-me'n un una estoneta?

–Per què vols endur-te'n un, d'àngel? –va preguntar l'avi esbufegant.

–Doncs per fer-lo servir de moto. Jo me li asseuré a l'esquena i que ell faci batre les ales i així no em cansaré –va dir en Marcus.

–Ja n'hi ha prou, de dir ximpleries d'àngels, Marcus! Els àngels no existeixen –va dir l'Ia–. Almenys, aquí no n'hi ha. El que passa és que ets un gandul. A més, cap àngel no et voldria portar, a tu.

–Em sembla que en veig un, d'angel –va dir en Marcus–. O gairebé el veig.

–Ah, sí? –va dir l'Ia, però llavors l'avi els va demanar que deixessin de barallar-se perquè tot plegat ja era prou difícil.

I tot d'una van sortir del núvol.

Ara estaven sobre el núvol i podien veure la Muntanya de les Tres Coves nítidament. Ja tenien el cim molt a prop. El núvol se'ls estenia als peus com un mar blanc; sí, realment havien travessat el núvol i ara el veien des de dalt. Però encara no veien el sol, perquè més amunt també hi havia núvols. Només havien travessat el de sota de tot.

El cim era a uns tres-cents metres. Veien ben clar dues coves just a sota de la punxa de la muntanya. Eren com dos ulls que els miraven. Fins i tot feien una mica de por.

–Anem allà? –va preguntar la Mina.

–Sí, exactament –va dir l'avi–. I quan hi siguem, entendràs per què no hauràs de tenir por d'un cocodril verd mai més.

–Ho sabré, llavors? –va dir la Mina–. I per què, ho sabré?

–Perquè sí –va dir l'avi.

I va enfilar el darrer tram amunt. Abans l'avi era qui anava l'últim; deia que ho havia de fer així perquè li tocava, ja que era el més gran i havia de procurar que cap dels menuts es quedés enrere. Però ara anava el primer, i era com si tot d'una estigués més entusiasmat que mai; tant, que amb quatre salts va arribar a l'últim pendent. La motxilla

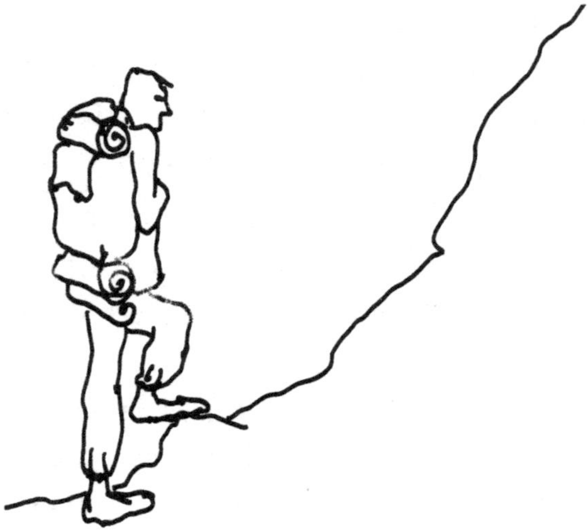

que duia era tan grossa i feixuga que a ell gairebé no se'l veia des de darrere. Va començar a enfilar-se pel pendent. El núvol que havien travessat encara era als seus peus, i el núvol que tenien al damunt encara hi era, també. Però entre l'un i l'altre treia el cap clarament el cim de la Muntanya de les Tres Coves. Hi havia un gran silenci, perquè ja no plovia. L'avi grimpava muntanya amunt, molt de pressa, com si estigués impacient. Per sota d'ells, el núvol s'estenia com un gran mar de llet i davant seu tenien el cim amb les dues coves com dos ulls negres que els miraven fixament.

I just en aquell moment, quan a l'avi només li faltaven un parell de metres per arribar a l'entrada de la cova de la dreta, va passar allò tan horrorós.

Potser va ser perquè havia plogut i les pedres patinaven. O potser va ser perquè l'avi estava massa exaltat i tenia pressa per arribar a la cova. Fos com fos, el cas és que tot d'una el peu li va relliscar, va tentinejar, i els nens van veure que vacil·lava i agitava els braços en l'aire uns instants per tal de recuperar l'equilibri fins que finalment va caure a terra.

Va rodolar pendent avall enduent-se pedres amb el cos i fent un cruixit estremidor que trencava el silenci, i finalment va anar a caure damunt d'una roca amb un cop sord i feixuc.

Van sentir que gemegava una mica, i per un moment els nens van pensar que havia patit un cop mortal. Però després van veure que es movia i que feia ganyotes, com si alguna cosa li fes un mal terrible, i van sentir que deia alguna cosa.

–Poca traça! –va dir-se a ell mateix–. Ara sí que l'he feta bona, totxo més que totxo!

Allò era una gran catàstrofe. Tots ho van veure clar de seguida.

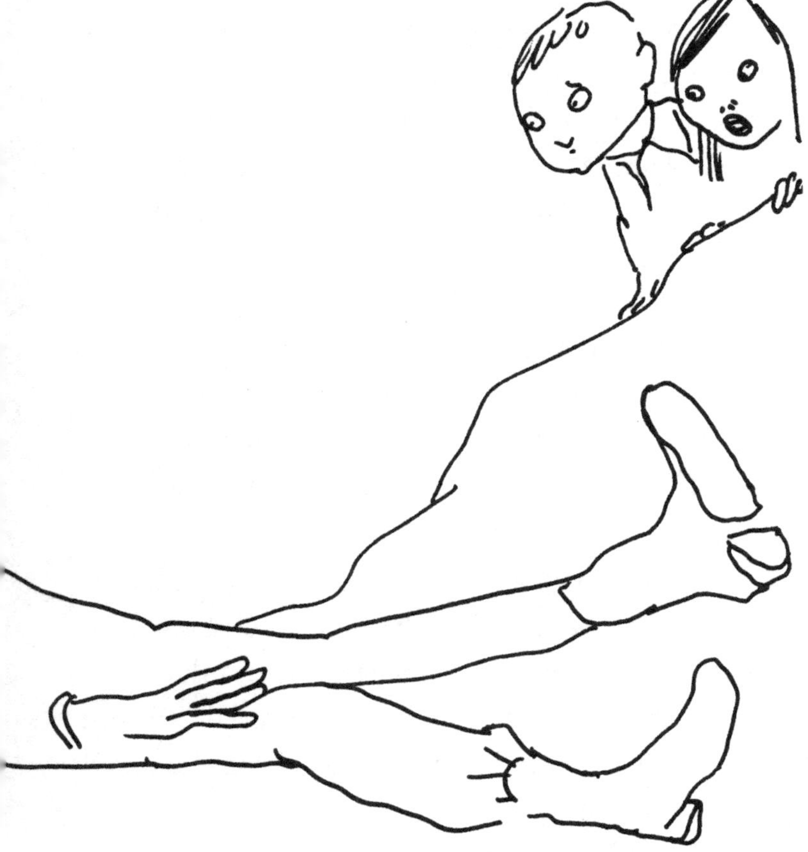

En Marcus va ser el primer que es va atrevir a acostar-s'hi.

L'avi estava ajagut a terra totalment immòbil encara amb la motxilla a l'esquena i mirava enlaire, cap a en Marcus, amb un somriure estrany, com si alguna cosa li fes molt de mal, però alhora estigués una miqueta avergonyit i els volgués demanar perdó.

–Com estàs? –va dir en Marcus.

L'avi feia tot de grinyols i intentava treure's la motxilla. Però com que era evident que alguna cosa li feia molt de mal, ho va deixar córrer.

–Em sembla –va dir– que m'he trencat la cama. Sí, m'he trencat la cama.

–Tornem cap a casa, doncs? –va dir en Marcus.

L'avi va provar de riure, però més aviat li va sortir una ganyota estranya, no s'assemblava gens al seu riure una mica afable i tranquil de sempre.

–No puc –va dir–. Ja m'agradaria, ja, poder tornar a casa.

–I què hem de fer, doncs? –va dir la Mina; se li notava que havia entès que allò era bastant greu, que havia passat una cosa terrible, perquè la veu li tremolava mentre feia la pregunta.

En aquell moment, just en aquell moment, va començar a ploure. Però no plovia fluixet, com abans, sinó que queien unes gotes ben grosses, una pluja realment molesta. I, de sobte, es van adonar que no només queia aigua, sinó també aiguaneu, unes gotes glaçades i desagradables.

De cop i volta, tots es van espantar moltíssim.

Era com si l'avi ja no tingués resposta per a totes les preguntes. Ara només estava estirat a terra i feia molt mala cara, com quan alguna cosa et fa molt de mal, i intentava treure's la motxilla.

–Bavi –va dir la Moa, i es va posar a plorar.

Què podien fer? L'avi, per fi, s'havia desempallegat d'aquella motxilla tan pesant i continuava estirat a terra, esbufegant amb dificultats i mirant enlaire, cap a la cova, a la qual no havia arribat per un parell de metres. La pluja barrejada amb neu era més i més densa. Tenien fred i estaven desanimats; eren a cinc hores de camí del camp base de la primera cova i l'avi s'havia trencat una cama.

Què podien fer?

–Hem d'arribar a dalt –va dir l'avi–. Ens haurem d'ajudar els uns als altres. Si no ens podem arrecerar a la cova, ens morirem congelats.

–Però tu no pots caminar –va dir en Marcus plorant desconsoladament–. Com podrem... Com hi arribarem...

L'avi va parar de gemegar i se'l va mirar.

–Marcus –va dir–, imagina't que poguessis enfilar-te dalt d'un pi en bicicleta. T'ho imagines?

Però en Marcus no feia altra cosa que sanglotar.

–Imagina-t'ho! –va dir l'avi–. Imagina't que pots pujar dalt d'un pi en bicicleta.

–Sssssssí...

–Llavors també podem pujar allà dalt. Jo no puc anar en bicicleta i tampoc no puc caminar, però em puc arrossegar. D'acord?

–D'acord –va dir en Marcus i va parar de sanglotar.

–Molt bé –va dir l'avi–. Si agafes la motxilla, la Mina i l'Ia em podran ajudar a pujar de quatre grapes.

I van començar a tirar amunt.

IV

Més tard gairebé no podien recordar com s'ho havien fet per pujar-lo fins allà dalt.

Devien haver tardat ben bé una hora per fer els vint-i-cinc metres que hi havia fins a la cova: l'Ia i la Mina estiraven l'avi, que s'arrossegava de costat per terra, i es notava que la cama trencada li feia moltíssim mal. La portava mig penjant al seu darrere i no parava de murmurar que havia sigut un ximple, i perquè havia hagut de ficar la canalla en aquella aventura. Tot plegat era culpa seva. El terra era ben xop. En Marcus anava l'últim arrossegant la motxilla amunt per aquell caminet costerut, centímetre a centímetre.

–Au, va, fes un esforç, Marcus! –li deia l'avi de tant en tant.

Com si no el fessin tots, l'esforç. Realment, tots s'esforçaven de valent.

Finalment, van arribar a la cova.

Era més gran que la primera, la que era el primer camp base, però el forat de l'entrada era més petit, d'un metre, si fa no fa. Dins la cova tot era fosc, però l'avi va travessar l'entrada arrossegant-se i fent uns gemecs molt més forts que els que havia fet fins llavors. L'Ia i la Mina hi van entrar tot seguit a rodolons, i després la Moa, en Marcus i la motxilla.

La Mischa anava l'última a pas lent i cansat. Tenia el pèl tot xop. Així, doncs, havien aconseguit arribar a la segona cova de la Muntanya de les Tres Coves. Ara ja eren tots a dins.

VAN MIRAR bé tot l'interior de la cova.

Era tan fosc que quasi no s'hi veien. Però tampoc no s'esperaven poder-hi veure gran cosa, ja que sabien que la cova era buida. N'estaven ben convençuts.

Però de sobte van notar que hi havia alguna cosa estranya.

L'avi era a terra de panxa enlaire, esbufegant, però a en Marcus li va semblar que havia vist alguna cosa, i a la Mina li semblava que sentia un soroll, com un xiulet molt feble o un gemec i després un esgarip fluixet, però no podia ser la Mischa. Aquesta encara era davant la cova a l'aguait mirant fixament l'entrada de la tercera cova, que tenien a uns cinquanta metres.

No, hi havia alguna cosa estranya.

Tot d'una, en Marcus va assenyalar el fons de

la cova, però sense dir res, només va assenyalar amb el dit. I tots van mirar en aquella direcció.

Llavors ho van veure: en la foscor, un parell d'ulls brillants que els miraven. Un parell d'ulls de color groc, vius i brillants, que no es movien, que els miraven fit a fit, sense desviar la mirada, des de la foscor de la cova. Tots els nens els van veure. I al final l'avi va girar el cap i també els va veure.

Tothom va saber a l'acte de què es tractava, perquè a poc a poc els ulls se'ls van acostumar a la foscor, i a poc a poc també van anar veient la silueta d'un llop, d'un llop enorme, a la paret del fons de la cova. Un llop que els mirava fixament amb uns ulls grocs que brillaven amb molta intensitat.

Un llop. Havien entrat a la cova d'un llop! I en Marcus continuava assenyalant amb el dit, com si hagués descobert alguna cosa més. Llavors també van veure una altra cosa. Perquè just a sota dels ulls grocs i brillants del llop, els d'un llop enorme, van veure un parell d'ulls més. No eren tan grossos, no, no, eren molt més petits, com si fossin d'un llop petit, potser d'un llop molt i molt petit.

Aleshores ho van entendre tot.

Era un llobató.

6
ELS ASSASSINS DE LLOPS ATAQUEN

I

AQUEST va ser el moment que més endavant la Mina recordaria més clarament: asseguts a terra, en silenci i mig a les fosques, havien vist que allà dins no només hi havia una mare lloba enorme, un llop molt gros que potser era perillós i estava a punt d'atacar-los, sinó que també hi havia un llop petit.

I que, a més a més, era una llobatona que ells ja coneixien.

Se'n van adonar de seguida perquè la llobatona, tot d'una, havia fet un bot i s'havia començat a moure, se'ls havia acostat fent tentines, havia anat fins a la Mina i l'havia començat a ensumar. Primer les mans, després els pantalons i tot seguit quasi se li havia enfilat al damunt, li havia ensumat la cara i després, com si finalment estigués segura que havia reconegut algú que era amic seu, li havia llepat les galtes amb cura.

–És la Maja-Rubert –va xiuxiuejar en Marcus.

Aleshores la Mina va tornar a plorar, però no perquè estigués trista, sinó perquè havia passat molta por i ara tornava a estar contenta.

L'avi encara era a terra i no deia res. Es notava que li hauria agradat queixar-se, però es mossegava la llengua perquè no volia que la canalla s'espantés.

La llobatona estava animadíssima i contenta com un gínjol, i no parava de fer voltes i de saludar-los a tots; però al cap d'una estona la mare lloba es va aixecar, se li va acostar lentament, la va alçar agafant-la per la pell del clatell i se la va endur cap al fons de la cova. Els nens s'ho van quedar mirant, un xic més tranquils.

Era com si la mare lloba i la llobatona haguessin recordat el que havia passat: que els nens i la Mischa havien salvat la petita. Però la mare lloba no les tenia totes. Quan la Mischa s'hi va acostar amb compte per saludar la Maja-Rubert, va obrir la boca en senyal d'advertència i va dir alguna cosa que feia si fa no fa així: AAAAaaaaauuuuup. Gairebé va sonar com un rot, i llavors la Mischa va recular amb compte i fent veure que no li feia gens de por; ben al contrari, va badallar i va fer com si sentís ploure, cosa que, a més, era certa, perquè a fora encara plovia.

–Obre la motxilla –va dir l'avi–. Treu els aïllants i els sacs de dormir i estira'ls a terra. Ens hem de tornar a escalfar.

L'Ia i la Mina s'hi van posar de seguida. Tots tremolaven de fred, tenien gana i, com més hi pensaven, més desgraciats se sentien. L'avi estava ferit i no podia caminar. El telèfon mòbil no tenia cobertura. Plovia i al cap de poques hores ja seria fosc.

La situació era catastròfica.

Es van treure els impermeables i les sabates i es van arraulir dins els sacs de dormir. De seguida es van sentir molt millor. Fins i tot en Marcus, que era molt fredolic i, com que era tan esquifit i tan prim, de seguida es quedava glaçat, va deixar de tremolar.

L'avi es va incorporar amb compte i es va palpar la cama. Estava pàl·lid com un full de paper. La cama trencada li feia mal així que se la tocava. Això se li notava, perquè obria molt la boca, més o menys com feia el Barrufet quan volia mamar el pit de la Lotta.

Dels llavis de l'avi no en sortia ni mitja paraula, ni un sospir, ni un esbufec. Però feia molt mala cara.

–Escolteu-me bé, nois –va dir finalment–. La situació és la següent: la cosa pinta malament, però tot té remei en aquest món. Podem passar aquesta nit sense problemes, però hem de fer arribar un missatge a la civilització.

–Què és la civilització? –va dir en Marcus.

–La Gunilla –va dir l'avi–. En aquests moments, estimats nens, la Gunilla Thorgren, de cinquanta-vuit anys, és la civilització, per única vegada a la seva vida. Tot i això, aquesta nit no aconseguirem enviar-li el missatge i ningú no ens espera fins demà passat al vespre. Aquesta nit intentarem passar-la aquí, amb els llops, però demà de bon matí... haurem de...

Va callar.

–Tens un pla? –va preguntar l'Ia.

–Sí –va dir l'avi–. El líder d'una expedició sempre ha de tenir un pla per si passa una catàstrofe. Jo en tinc un, de pla. Però primer de tot hem d'aconseguir passar aquesta nit sense morir congelats.

–Què menjarem? –va preguntar en Marcus, que gairebé sempre tenia gana.

L'avi va sospirar profundament.

–Tenim deu caramels i vuit xocolatines. Més salsitxes i quatre-cents grams de llaminadures. Això és tot. No ens engreixarem pas, però tampoc no ens morirem de fam.

–Si de debò tens un pla, avi... –va dir la Mina–. Perquè... en tens un, oi?

–I tant! –va dir l'avi.

En Marcus va dir:

–He decidit que donaré la meva xocolatina a la Maja-Rubert.

Tots se'l van quedar mirant. I el primer que van pensar va ser que en Marcus era un paio genial, però la veritat és que també els va deixar una mica sorpresos.

–Doncs llavors jo et dono la meitat de la meva –va dir l'Ia.

I en Marcus li va fer un somriure una mica vergonyós, com si no s'haguessin discutit mai, com si l'Ia mai no hagués cridat MARCUS! aixecant la veu tota enfadada, sinó com si ara tot fos diferent i s'haguessin convertit en un germà i una germana que sempre, sempre estarien units i no es barallarien mai més.

I així van començar a preparar-se per passar una nit terrorífica i fosca que recordarien sempre.

II

De seguida va ser ben fosc i a fora encara plovia.

La cova va quedar totalment a les fosques. La Mina no podia dormir i es va adonar que l'avi tampoc no dormia. De tant en tant, gemegava però baixet. Havien col·locat els dos sacs de dormir a banda i banda del seu cos perquè no passés fred. L'avi havia intentat ficar-se dins el sac més gran, però no ho havia aconseguit per culpa de la cama trencada, però si posaven els sacs al seu costat també li arribaria l'escalfor, i al cap d'una estona a la Mischa se li va acudir d'ajeure-se-li damunt de la panxa.

Llavors sí que estava calentó.

La Mina va estar-se molta estona ajaguda a terra mirant la foscor de la cova i veient els dos ulls grocs del llop gran que guspirejaven en direcció a ella. Però al cap d'una estona els ulls de la mare lloba van començar a parpellejar i finalment van desaparèixer. Llavors la Mina va saber que la mare lloba s'havia adormit. Va sentir que els altres nens respiraven tranquil·lament, com si dormissin i una estoneta més tard va notar que alguna cosa se li movia a prop de la galta, una cosa suau i càlida.

Era el musell de la llobatona.

Amb cura, amb molta cura, la Mina va obrir una mica la cremallera del sac sense fer soroll per no despertar els altres. La llobatona respirava fluixet a prop de la galta de la Mina. De sobte, va ficar-se dins del sac i se li va arrapar al costat.

–Què dirà la teva mare, si veu que dorms aquí? –va xiuxiuejar la Mina.

Cap resposta. La llobatona tan sols va empènyer l'espatlla de la Mina amb el musell, se li va cargolar sota l'aixella, va sospirar i es va adormir.

La Mina va tornar a tancar amb compte la cremallera. Ara sí que s'hi estava calent, allà dins. L'avi estava despert, però no tenia fred, tenia la Mischa a sobre fent-li d'edredó.

Després la Mina es va adormir. No va somiar res, ni cocodrils ni caníbals, va dormir profundament i plàcidament amb la llobatona sota l'aixella.

III

El soroll d'algú que es movia va despertar la Mina.

Era l'avi. S'havia tret la Mischa del damunt, s'havia incorporat i s'observava capcot la cama trencada.

A fora ja era clar. Havia parat de ploure, l'entrada de la cova era com una obertura clara i arrodonida, la nit s'havia acabat. La Mina va intentar recordar si realment havien menjat res: tot seguit, va veure un munt de papers d'embolicar xocolatines pertot arreu, i una xocolatina intacta una mica més enllà, en el racó on la mare lloba havia passat la nit.

Però la mare lloba no hi era. Havia sortit. «Potser no li agraden les xocolatines», va pensar la Mina, però no va dir res; senzillament, va treure la llobatona de dins el sac de dormir.

–La mare tornarà de seguida –va dir la Mina amb la veu d'adulta que havia après de la seva mare–; ara és a la feina i tornarà de seguida, no passis ànsia. Tu vas a l'escola?

La llobatona se la va quedar mirant; era evident que havia trobat aquella pregunta una mica estranya, perquè no va contestar.

–Tothom amunt! –van sentir que deia l'avi–. Ha arribat l'hora de la veritat!

–Tens un pla? –va preguntar en Marcus amb un filet de veu esporuguida des de dins de l'altre sac de dormir.

–Sí –va dir l'avi.

–Un pla que ens salvarà?

–Sí –va dir l'avi.

–Molt bé –va dir en Marcus amb aquella nova veueta esporuguida–. Molt bé. Estic amb tu.

I així, l'avi els va exposar el pla que els havia de salvar d'aquella situació de perill.

DEVIEN SER les vuit del matí. Un dia normal i corrent, la Moa, a aquella hora, seria a mig camí de la guarderia; en Marcus, l'Ia i la Mina serien a mig camí de l'escola, i la Mischa sortiria a passejar amb l'avi.

Però aquell no era un dia normal i corrent.

–No em puc moure –va dir l'avi–. I el mòbil no ens serveix. Hem de posar-nos en contacte amb la civilització.

–O sigui amb la Gunilla –va dir en Marcus, tot orgullós, perquè ja ho havia entès.

–Sí, amb la Gunilla, i que ella avisi els que ens poden ajudar a baixar d'aquí dalt. A mi sobretot. Suposo que m'hauran de treure d'aquí amb un helicòpter de la policia. Però algú ha de baixar fins a casa. I són més de cinc hores a peu per un camí molt dolent. La Moa i en Marcus no se'n sortiran, i em fa por que...

L'avi va callar de cop. Després va dir:

–Ia, creus que pots arribar-hi, a baix? No hi aniràs tota sola, però: t'acompanyarà la Mischa. Ella coneix el camí i tu ets la més gran i la més forta de la colla. Has de donar l'alarma. Et sembla que te'n sortiràs?

Tots se la van mirar. Estava asseguda a terra gratant la llobatona darrere les orelles. Va aixecar el cap i es va quedar mirant els altres. Tots se la van mirar. Què diria? Hi havia un bon tros fins a casa, una baixada difícil de més de cinc hores fins al camp base, i després encara un tros gairebé igual de llarg fins a la casa.

–Em puc endur la Mischa? –va dir.

–Te l'has d'endur –va dir l'avi–. Si no, no et deixo marxar.

Llavors l'Ia va fer que sí amb el cap i va dir:

–Si és així, hi aniré.

Al cap de cinc minuts, l'Ia estava a punt per marxar.

Ningú no deia res, però li van posar a les butxaques dos caramels, una xocolatina i galetes per a la Mischa per si li fallaven les forces. I la van ajudar a posar-se l'impermeable.

–He de dur la Mischa lligada? –va preguntar l'Ia.

–Sí –va dir l'avi–. La Mischa és qui t'ha de conduir fins a casa. La Mischa et porta a tu, no ets tu qui ha de portar la Mischa. No us heu de separar per a res. Passi el que passi.

Tots es van acostar a la Mischa i la van gratar darrere les orelles com a comiat. La Mischa tenia un posat tot solemne, però completament serè. L'Ia no deia res, però la Mina va veure que el llavi de sota li tremolava una mica.

–Confiem en tu –li va dir la Mina.

I en Marcus, que estava palplantat a l'entrada de la cova mirant la seva germana, se li va acostar i la va abraçar molt i molt fort, i li va dir:

–Les dones poden fer-les, aquestes coses.

Perquè havia sentit dir que això era precisament el que s'havia de dir en una situació tan difícil que era quasi inhumana. I li van saltar les llàgrimes.

Així, doncs, la Mischa i l'Ia van emprendre el camí i van enfilar la llarga i difícil expedició d'auxili a fi d'aconseguir ajut per als que estaven en perill a la Muntanya de les Tres Coves.

Es van aplegar tots davant la cova per mirar com la Mischa guiava l'Ia muntanya avall, dos puntets que cada cop es feien més petits fins que al final van desaparèixer del tot.

IV

VA ARRIBAR el migdia i el sol va treure el nas, però la mare lloba encara no havia tornat.

La Maja-Rubert cada cop estava més neguitosa i somicava; en Marcus va agafar l'últim trosset de xocolatina que quedava, el va remenar dins l'aigua que regalimava per la paret de la cova i va intentar donar a la llobatona una mica de sopa de xocolata amb la cullera de l'equip d'emergència. Se'n va empassar unes quantes cullerades però després ja no en va voler més.

La Mina va començar a cantar L'aranyeta xica, però no va aconseguir aixecar els ànims de la colla.

–Potser ens hauríem de preparar per passar-hi una altra nit, aquí –va dir l'avi.

Llavors la Moa es va posar a plorar.

Va ser en aquell moment, pels volts de les cinc de la tarda, quan van sentir el tret.

Venia de bastant lluny, però també semblava a prop.

L'espetec va ressonar entre les muntanyes i l'eco va trigar encara uns quants segons a desaparèixer; tots van sortir rabents a l'entrada de la cova, tret de l'avi, és clar, i van mirar-se bé la vall. Els núvols havien tornat a entrar al bosc i a la vall; el bosc que hi havia als peus de la muntanya estava cobert del tot, i una mena de manta blanca de cotó fluix s'estenia per sota d'on ells eren.. Era com si la muntanya fos un vaixell enorme que navegava per un mar blanc.

El so del tret ja s'havia apagat.

–Què ha estat, això? –va dir la Mina.

La colla estava asseguda a terra esperant, tots quiets i amb els cinc sentits ben alerta. Hi havia un gran silenci; l'únic que se sentia era la llobatona, que somicava cada cop més neguitosa i que al final va aixecar el cap enlaire i va començar a udolar. Fins llavors no havien sentit que la llobatona udolés, però ara sí que ho feia, uuuuuuuuuu-uUUUUUUUuuuu, serena i trista, i tot va quedar en silenci.

Van veure la mare lloba. Pujava corrents per la muntanya, per la dreta, com si hagués sortit d'aquell mar blanc, saltant de roca en roca, i anava tan de pressa que era com si volés muntanya amunt, cap a la cova.

–Són els caçadors! –va cridar en Marcus–. Li han disparat!

La mare lloba ja havia arribat a l'entrada de la cova. La Maja-Rubert no parava de donar voltes com un boja, voltava i voltava, fins que la mare lloba la va agafar per la pell del clatell, la va aixecar i la va portar cap a l'interior de la cova. De fet, la va llançar endins. Llavors va tornar a sortir, es va situar a l'entrada del cau i va mirar cap a la vall.

Res no s'hi movia, allà baix. Aleshores es van adonar que la lloba estava ferida.

No era una ferida gaire grossa, però de seguida van veure que havia faltat molt poc perquè la bala la ferís greument. Li sortia un filet de sang per un costat del coll. La bala li havia tocat sobretot el pèl, no era un tall profund, però sagnava una mica.

–Li surt sang –va dir la Mina–. Tens tiretes, avi?

–Tiretes –va dir la Moa aixecant el dit índex, com feia sempre–. La Moa vol tiretes!

–Vés a buscar la motxilla –va dir l'avi des de dins la cova.

L'avi tenia un equip d'emergència a la motxilla. Es deia així, i era una farmaciola per fer servir en cas de necessitat extrema. La Mina es va esmunyir cap dins i entre tots van remenar dins la motxilla fins que van trobar una ampolla d'aigua oxigenada. És el que sempre feien servir quan un d'ells es feia una esgarrinxada i picava de mala manera... Feia temps, abans que passés tota la història del cocodril i l'expedició i l'accident de l'avi, la Mina sempre cridava com un porquet quan li netejaven una ferida amb un cotonet mullat. Però d'això feia molt de temps, era abans que tota aquesta història passés. A partir de llavors la Mina ja no tornaria a cridar com una boja per una fotesa com aquesta.

La Mina va sortir de la cova amb l'ampolla d'aigua oxigenada i un cotonet a la mà. Es va acostar a la mare lloba, que mirava fixament i en alerta la vall, va obrir el tap, va xopar el cotó i va dir:

–Al principi et picarà, però t'has d'aguantar. Has de ser forta, noia.

La mare lloba va girar el cap i va mirar la Mina com si no es pogués creure el que acabava de sentir.

–Això mateix –va dir la Mina–. Ara picarà una mica.

Més endavant, la Mina explicaria moltes vegades aquell moment tan fantàstic: que la lloba havia fet veure que no li picava gens ni mica, no s'havia sentit ni piu, potser sí que havia fet un bot, un bot petitet. Però ni un crit. Ni tan sols havia parpellejat.

–Uau! Bona noia! –va dir la Mina–. Ara la ferida ja està neta, i així no s'infectarà.

I llavors, just en aquell moment, van veure arribar els caçadors.

V

TOTS PLEGATS van afanyar-se a entrar a la cova. L'última va ser la mare lloba. Va anar de dret al seu lloc, al fons de la cova, va aixecar la llobatona, la va arrambar a la paret i s'hi va posar al davant per protegir-la.

–Li dispararan –va dir en Marcus.

–Calma –va dir l'avi–. No saben que som aquí.

–I quan ho sàpiguen, què? –va dir en Marcus–. Són uns assassins.

–Potser s'espantaran, quan et vegin –va dir la Mina per fer broma.

Però en Marcus se la va mirar sense dir res. I

així, de cop i volta, com si no pogués suportar veure la mare lloba que estrenyia la petitona al fons de la cova, esperant que arribessin els caçadors i disparessin, li va semblar que havia tingut una idea.

Es va aixecar d'una revolada, va sortir corrents de la cova i es va plantar al petit relleix que hi havia al davant. Els caçadors ja eren molt a prop, només a uns cinquanta metres, i corrien muntanya amunt, cap a la cova, com si sabessin que el llop era allà dins.

I en Marcus va posar-se ben dret, va estirar bé els braços i va cridar tan fort com va poder:

–ASSASSINS MERDOSOS!!!

El crit va ressonar entre les muntanyes.

Els dos caçadors van aturar-se i van mirar en Marcus, paralitzats. Què havia estat, allò? Qui era aquell sonat?

–Us hem descobert! –va tornar a cridar–. ASSASSINS MERDOSOS DE LLOPS!

Els dos homes van intercanviar unes paraules, mentre l'un feia que no amb el cap. Tots dos duien escopeta. Era evident que cap dels dos no sabia què havien de fer. Havien seguit un llop i estaven gairebé segurs que l'havien ferit. I, a més, sabien que el tenien atrapat dins la cova.

ASSASSINS
MERDOSOS!

Però ara resultava que hi havia un vailet petit petit, amb botes i un impermeable verd que els cridava des d'allà dalt.

–LA POLICIA ve de seguida, hem donat l'ALARMA! –va tornar a cridar, i els dos homes van parlar entre ells una altra vegada. Un dels dos va fer que no amb el cap i va continuar caminant amunt.

–Fes el favor de callar –va dir l'avi des de dins la cova, però en Marcus no tenia cap intenció de callar. Tenia un nus a la gola, però va agafar embranzida i va tornar a cridar:

–L'helicòpter de la policia està a punt d'arribar i llavors...

No sabia ben bé com continuar, però va tornar a agafar forces i va cridar:

–... llavors us TORTURARAN!

En aquell moment l'altre caçador també va tirar amunt. Era inútil. Els que estaven amagats dins la cova estaven perduts. I la mare lloba. I la Maja-Rubert. Però aleshores, tot d'una, van sentir un so tot estrany.

Els homes van aturar el pas i van mirar enlaire, cap al cel.

A la llunyania ells i en Marcus van veure un puntet negre que a poc a poc s'anava fent més i

més gros: era un ocell negre que brunzia i volava arran de la capa de núvols per damunt d'aquell mar blanc en direcció a la Muntanya de les Tres Coves.

Volava molt de pressa. I no pas amb unes ales, sinó amb unes aspes d'helicòpter que brunzien. Cada cop era més a prop, fins que, finalment, van poder veure què era: un helicòpter de la policia.

«POLICIA» hi deia en un dels costats de l'helicòpter. Amb unes lletres molt grosses. Llavors

els caçadors van girar cua i van baixar corrent a la desesperada muntanya avall. L'un va caure, però es va aixecar i va provar de continuar corrent, però no podia, va deixar anar l'escopeta i va mirar fixament l'helicòpter, que en aquell instant feia un gir en vertical.

L'altre no va parar de córrer fins que va ser engolit pel mar de boira. Al que havia caigut li costava molt de moure's. Es va asseure a terra i es balancejava com si es cargolés de dolor.

L'helicòpter de la policia volava damunt seu en cercles cada cop més petits.

7
La tercera cova

I

L'IA no recordava quin era el camí que havien agafat per arribar a la muntanya, però la Mischa sí que se'n recordava. Ara calia refer-lo, però cap avall, i a més, tenien molta pressa. Si no arribaven abans que es fes fosc, estaven perdudes.

Durant la pujada l'Ia havia anat mirant, més que més, els peus i les pedres, però la Mischa no havia tret l'ull del seu voltant i ara es recordava de tot. Se li notava que els seus avantpassats eren gossos de tir de Sibèria: anava amb el cap abaixat, sempre tibava igual, no feia mai una estrebada, no es girava mai.

«Mischa», pensava l'Ia, «tot depèn de tu. Has de saber tornar a casa. Els altres són allà dalt, a la cova, i confien en nosaltres. Mischa, has de saber tornar a casa.»

Però no va dir res. Senzillament seguia la Mischa, que sempre tibava igual.

No, la Mischa no els fallaria.

Ja no plovia, però era com caminar dins un bol de llet espessa.

L'Ia pensava que ja sabia com se sentia un gos i què era que et portessin amb una corretja. Però aleshores la Mischa era qui decidia cap on anaven. Havien travessat el núvol blanc sense poder veure res més enllà de dos metres davant seu. Era horrible, només se sentia l'aigua que regalimava per la muntanya i la fressa de les pedres que rodolaven. No se sentia cantar ni un ocell, tan sols la fressa de l'aigua i de les pedres, i als peus de l'Ia, els esbufecs de la Mischa, que semblava que sabia exactament per on havia d'anar.

Després van sortir de dins del núvol, i ja hi van poder veure millor. L'Ia s'aturava una estoneta cada hora a descansar. Si no, no ho podria resistir, va dir a la Mischa. Cada cop la gossa se li asseia als peus i se la mirava tota preocupada.

–No et preocupis, Mischa –deia l'Ia–, aguantaré, però he de descansar de tant en tant.

De sobte, va començar a plorar, perquè estava molt cansada, però la Mischa es va posar dreta sobre les potes de darrere i li va llepar la cara. Allò va fer que l'Ia esclafís a riure i li passessin tots els mals.

El pitjor va ser que a l'Ia li van sortir butllofes als peus. Es va asseure a terra, es va treure la bota i va veure que li sortia sang del taló; aleshores va sacsejar la bota amunt i avall fins que va fer caure la sang que hi havia dins sense plorar. Senzillament va dir: «MERDA!», perquè ho havia sentit dir al pare quan havia passat alguna cosa.

Després van continuar avall.

Tenia les cames entumides. Va caure diverses vegades i es va esgarrinxar les mans. La Mischa s'aturava cada cop que ella queia, se li notava que estava preocupada. Una de les vegades que l'Ia va caure i quasi no tenia forces per aixecar-se, la Mischa es va posar a tremolar. Potser ella també estava cansada. Potser li feia por que l'Ia ja no pogués més.

Llavors va llepar la cara de l'Ia com si li volgués dir: «No et rendeixis. Les dones poden ferles, aquestes coses.»

Però no li ho va dir, és clar. Només se sentien els sanglots de l'Ia, que es va tornar a posar dreta i va dir:

–Estic bé, Mischa. Continuem.

I van continuar, però més a poc a poc, encara que totes dues sabien que havien d'arribar abans no es fes fosc.

Van trigar sis hores a arribar a casa.

L'Ia estava tota xopa de suor i els palmells li sagnaven. La Mischa va començar a bordar amb fúria quan encara eren lluny per tal de cridar l'atenció de la Gunilla, que va sortir al porxo amb el Barrufet a coll i va estar a punt de xisclar quan va entendre què havia passat.

La Mischa va entrar a casa a beure aigua del bol. L'Ia es va asseure al porxo esbufegant i amb la mirada clavada davant seu sense pensar en res, amb una única cosa al cap: ho havia aconseguit. La Gunilla va trucar al servei de salvament de Karlstad. I a la policia.

–Com els trobarem, ara? –va dir la Gunilla–. M'han dit que no saben on són, aquestes coves.

–Calma –va dir la Ia–, jo sí que ho sé. Són a la segona cova, i jo aniré amb l'helicòpter, també. A la muntanya hi ha tres coves; la primera és el camp base, on hi ha totes les provisions. Però ells no hi són. La segona és la cova dels llops; són allà.

–I què hi ha a la tercera cova? –va preguntar la Gunilla.

–No ho sé –va dir l'Ia–. No hi hem estat.

–I per què no? –va preguntar la Gunilla.

–No ho sé –va dir l'Ia.

I llavors van sentir el so de l'helicòpter del servei de salvament. Venia des de Karlstad per l'oest i va sobrevolar el llac Vällen, que era a prop de la casa, va passar per sobre del poble de Helgeboda i després va anar avall, cap a la casa anomenada Söderås. Al final va aterrar a l'esplanada d'herba per tal de recollir l'Ia i la Mischa, les quals els havien d'ensenyar el camí fins a la colla, que estava en perill a la segona cova de la Muntanya de les Tres Coves.

II

L'HELICÒPTER es va enlairar tot travessant els núvols. Lluny, s'aixecava la Muntanya de les Tres Coves, i dalt de tot es veien les entrades de les dues coves com si fossin dos ulls negres que contemplaven la vall.

L'Ia, que anava al costat d'un dels dos pilots, explorava la muntanya amb la mirada, i tot d'una va assenyalar amb el dit. Davant la cova de la dreta li va semblar distingir un nen petit amb els cabells clars que mirava amunt, cap a ells.

Devia ser en Marcus. El més estrany, però, era que també hi va veure dos desconeguts: un home que corria muntanya avall fugint a la desesperada i que de seguida va desaparèixer dins el núvol que cobria mitja muntanya, i un altre que va caure i va perdre l'escopeta, i que ja no es va moure de terra.

–Són els caçadors. Són els assassins de llops! –va cridar l'Ia a l'orella del policia.

L'home va mirar avall i va fer que sí amb el cap. L'helicòpter va girar.

–Ja fa temps que els anem al darrere –va dir.

I tot seguit va avisar l'altre helicòpter.

Ja tindrien temps per agafar els assassins de llops, no podrien escapar-se. Primer havien de salvar els que estaven en perill a la cova. L'helicòpter va fer una volta al cim de la muntanya amb un gir obert buscant un lloc per aterrar. I van tenir sort. Just a sobre de la cova dels llops hi havia un relleix pla, al costat del cim. L'helicòpter va baixar a poc a poc en direcció al relleix, els motors retronaven. Es va acostar a terra, va aixecar tot d'herba i branquillons i amb un cop sord va aterrar al cim de la muntanya.

Ja havien arribat. L'Ia va córrer cap a la vora del cim i va mirar avall: allà sota hi havia en Marcus, que movia els braços tot excitat i feliç. Després s'hi van acostar la resta, un per un. La colla tornava a estar unida.

Els pilots del servei de salvament van baixar a la cova amb una llitera i van anar fins on hi havia l'avi.

Estava ajagut a terra i feia cara d'agraït. I encara va estar més agraït quan un dels pilots es va treure una xeringa amb un calmant i la hi va clavar a la cama. L'avi va fer OOOoooooouffff, i va somriure per primera vegada des de feia tres dies. Tot seguit, el van alçar amb cura, el van estirar a la llitera i se'l van endur a l'helicòpter.

La Mischa el seguia a tot arreu, com si vigilés que les coses es fessin bé.

–Ho heu aconseguit –va dir l'avi a l'Ia.

–Sense la Mischa no ens n'haguéssim sortit –va dir ella amb una veu com de persona adulta–. Vull dir que ho hem fet juntes.

–Jo no hauria aguantat ni un dia més –va dir l'avi.

–I tant! –va dir la Mina, que els havia escoltat–. I tant que hauries aguantat. Sempre podem aguantar més que no ens pensem.

Llavors l'avi es va quedar mut, perquè ell ja ho sabia, que allò era veritat, però el que no sabia era que la Mina també ho sabia. Per això s'havia quedat callat.

I el van pujar dalt de l'helicòpter.

HAVIA ARRIBAT l'hora d'acomiadar-se dels llops. Es van agafar les mans i van entrar en aquella cova que la primera vegada els havia semblat esfereïdora i que, al capdavall, els havia salvat la vida. Van entrar-hi tots junts per dir adéu a la mare lloba i la llobatona.

Un per un van fer una abraçada a la llobatona mentre la mare lloba s'ho mirava. A ella li van fer un gest amb el cap, perquè els feia una mica de respecte, i en Marcus senzillament va dir amb una certa solemnitat:

–Gràcies per aquest temps que hem passat plegats. Ha estat molt interessant *conèixus.*

–Es diu *conèixer-us* –va dir l'Ia.

I després van pujar tots a l'helicòpter. En Marcus va ser l'últim de sortir de la cova. Es va quedar palplantat mirant com els altres enfilaven els pocs metres que hi havia fins a la pista d'aterratge de l'helicòpter. Va veure com la Mina desapareixia rere el marge, però ell no es va moure d'on era.

Encara quedava una cosa per fer. S'havia descuidat una cosa. O més ben dit, *tots* s'havien descuidat de fer una cosa.

A tocar de la cova dels llops n'hi havia una altra: la tercera cova de la Muntanya de les Tres Coves. De sobte, en Marcus tenia moltes ganes d'anar-hi. Volia saber com era. No volia marxar de la Muntanya de les Tres Coves sense haver vist la tercera.

Era a cinquanta metres, amb prou feines. Hi havia d'anar.

S'hi arribava per un caminet que anava paral·lel al cim de la muntanya. Quan hi va arribar, va tenir la impressió que la tercera cova era exactament igual que la segona: una entrada rodona, potser d'un metre i mig d'altura. Completament rodona. S'hi va acostar amb cura i va mirar a dins.

Al principi no veia res. L'interior estava mig a

les fosques, però de seguida ho va veure: allà dins hi havia alguna cosa, alguna cosa molt grossa i de color marró, un ésser ajagut que potser dormia, però després va veure que aquell ésser aixecava el cap a poc a poc i se'l quedava mirant.

Era un ós.

Era el mateix ós que havia passat pel davant de la primera cova, el que havia bramulat de tal manera que la Mischa l'havia entès i els havia avisat que hi havia caçadors a la vall. Era el mateix ós. En Marcus havia trobat el cau de l'ós.

Es van mirar uns instants. Cap dels dos no es movia. Després en Marcus va dir:

–Pots estar tranquil. Aviat capturaran els caçadors. L'altre helicòpter ja ve cap aquí. Aquests assassins ja no tornaran mai més.

L'ós no es movia, només havia aixecat el cap. Va badallar, va obrir una boca gegantina, la va tornar a tancar i va entaforar el cap entre les potes. Tenia son. Era com si li volgués dir: «Mira d'entendre-ho. Però, gràcies, de totes maneres.»

En Marcus va tornar amb els altres.

L'HELICÒPTER, carregat amb tota la colla, es va enlairar a poc a poc, va deixar enrere la Muntanya de les Tres Coves i va girar cap a l'est en direcció a l'hospital de Karlstad.

–On t'havies ficat, Marcus? –va dir l'Ia, a punt d'enfadar-se– Què feies?

–He vist un ós –va dir en Marcus.

I tots van esclafir a riure, i va ser com treure's un pes de sobre, com una explosió: l'expedició s'havia acabat, s'havien trobat en una situació de perill extrem, però se n'havien sortit, i tots reien perquè els semblava que en Marcus era un paio molt divertit.

L'únic que no reia era en Marcus.

L'avi anava estirat a la llitera, arran de la finestra de l'helicòpter, i quan es van enlairar va mirar enrere, cap a la muntanya. El núvol que l'envoltava encara no havia marxat i la muntanya s'alçava com un enorme elefant negre per sobre de tota aquella blancor, i dalt de tot, hi havia les dues coves amb dues entrades que eren com dos ulls que li tornaven la mirada. L'helicòpter anava pujant a poc a poc; de sobte, l'avi va veure que alguna cosa es movia a l'entrada de la tercera cova. Va tombar el cap per veure-ho millor i va eixugar una mica el vidre de la finestra perquè estava entelat.

I llavors ho va veure, net i clar.

Era un ós que sortia de la cova, un ós marró gegantí que es va posar dret sobre les potes del darrere i va mirar amunt, cap a l'helicòpter.

Un ós. Era veritat, en Marcus havia vist un ós.

Llavors l'helicòpter va augmentar la velocitat, la muntanya es va fer més i més petita i va girar en direcció a l'est.

L'avi es va girar cap a en Marcus i li va preguntar:

–Marcus, què dius que has vist?

En Marcus encara estava enfadat i tan sols va dir en veu baixa:

–És igual, a mi no em creu mai ningú.

L'avi se'l va mirar una bona estona, va somriure una miqueta, li va acariciar els cabells i li va dir:

–Jo sí que et crec, Marcus.

En aquells moments l'helicòpter ja volava de pressa a gran altura. La Muntanya de les Tres Coves ja no es veia. L'expedició s'havia acabat.

II

VAN CAPTURAR els assassins de llops aquell mateix vespre, primer el que s'havia fet mal i després d'altre.

Tenien una furgoneta aparcada davant del Centre Cívic de Helgeboda, el que hi havia al costat de la casa d'en Janne Johansson. El cotxe estava ple d'ocells d'espècies protegides, tots morts, i d'ous robats. Els homes eren de Hannover, a Alemanya.

Era una incògnita si realment havien entès els crits d'en Marcus. Però ara tant se valia.

En Marcus havia cridat. I ells havien fugit corrents.

En acabat, hi va haver un bon enrenou.

A l'avi li van enguixar la cama a l'hospital universitari de Karlstad i s'hi va haver de quedar durant uns quants dies abans que el deixessin tornar a casa, a Helgeboda. Gairebé va ser millor així, que tingués alguns dies de pau i tranquil·litat. No era gens fàcil explicar què tenia de bo haver fet aquella expedició. Els pares de la Mina i la Moa s'enfurismarien, i els pares de l'Ia i en Marcus segur que també. Tots van pujar corrents cap a Värmland i la Gunilla va tenir feina a impedir-los que anessin a l'hospital de Karlstad a esbroncar l'avi.

Com se li havia acudit ficar els petits en una aventura com aquella! És que li faltava un bull o què? Podia havia passat una desgràcia!

Però com que els nens feien cara d'animats i tranquils, i deien que tot plegat havia estat molt emocionant, els pares es van anar calmant. El pare d'en Marcus, en Mats, va proposar de comprar una cadira de rodes elèctrica a l'avi. Es deia Handubisci, tenia tres marxes i podia anar a vint quilòmetres per hora –en Marcus ho va explicar detalladament–, però es podia manipular i se'n podia augmentar la velocitat fins a quaranta-cinc quilòmetres per hora. Un cop l'avi col·locat a la cadira de rodes, a en Mats se li va acudir que la podien fer servir per fer curses de cotxes.

Podrien donar la volta a la casa i passar per uns pals que clavarien a la gespa. Així, tindrien un circuit automobilístic i podrien cronometrar les voltes. La primera volta la va fer l'avi amb un millor temps d'un minut i quaranta-sis segons. Després el van asseure a la gespa amb la cama enguixada estirada, i va ser el torn d'en Marcus. Va començar amb molt de compte i la primera volta va fer un minut i trenta-dos; però després s'hi va llançar amb totes les forces i va bolcar la cadira al revolt més tancat.

–Marcus –li va dir el seu pare–, mira d'entendre-ho. No pots entrar al revolt més tancat a la velocitat màxima, has de frenar i després girar. Vine, que t'ho ensenyo. Agafa tu el cronòmetre. Fixa-t'hi i així n'aprendràs.

L'avi estava assegut a la gespa amb la cama estirada mirant-s'ho. Al seu costat hi havia la Mina gratant el cadellet, l'Elsa Gilbertsson.

–Recordes –va dir l'avi– com va començar tot plegat? Et va mossegar un cocodril i vas conèixer uns caníbals al Congo... Va anar més o menys així, oi?

–Bah! –va dir la Mina–. Ho vaig somiar.

–Ho vas somiar? –va dir l'avi.

–Ssssí, és clar. Jo era molt petita, aleshores. Això va ser fa molt de temps.

L'avi se la va quedar mirant una estona sense dir res. Davant d'ells, al circuit, hi havia en Mats, que era el fill de l'avi i per això s'hi assemblava bastant. Segons l'Ingrid, la seva dona, era tan criatura com ell. En Mats, doncs, s'acostava al revolt tancat disposat a batre tots els rècords. La va agafar a molta velocitat, i va bolcar la cadira amb un bon terrabastall, i va baixar rodolant el pendent fins que va anar a parar de cap dins uns matolls d'ortigues. Es va sentir un udol fluixet. En Marcus va mirar el cronòmetre amb un somriure d'orella a orella, i no el va aturar, però feia cara de content.

–Sí –va dir l'avi–, d'això ja fa molt de temps. Tres setmanes.

Però la Mina ja no en feia cas. Estava asseguda d'esquena al circuit de la cursa, mirant amunt, cap al bosc, que ja no li semblava amenaçador ni perillós. Va tancar els ulls i, de pensament, va travessar el bosc, va resseguir el llarg camí fins al camp base de la primera cova, va pujar muntanya amunt, fins a les coves de dalt, la segona i la tercera. Va pensar en l'ós, que ara sabia que dormia sense por dins la tercera cova. I va pensar en la mare lloba de la segona cova, però sobretot va pensar en la llobatona.

Estava gairebé convençuda que sabia què feia la petita Maja-Rubert en aquells moments.

Segur que era davant la cova contemplant la vall i el bosc. Potser veia el fum de la xemeneia de casa d'ells, lluny, i una veta del llac Vällen, i més enllà, la serralada noruega. Ja no tenia por. Segurament pensava en la Mina. Pensava en tot el que havia passat i en com la gossa Mischa i els nens l'havien salvat, i en les nits que havia dormit en aquella casa. I la Mina estava convençuda que la llobatona la trobava a faltar moltíssim.

Així va ser, així és com va anar la cosa. Aquesta és tota la història.

ÍNDEX